AF197142

Tucholsky Wagner Zola Scott Sydow Freud Schlegel
Turgenev Wallace Fonatne
Twain Walther von der Vogelweide Fouqué Friedrich II. von Preußen
Weber Freiligrath Frey
Fechner Fichte Weiße Rose von Fallersleben Kant Ernst Richthofen Frommel
Hölderlin
Fehrs Engels Fielding Eichendorff Tacitus Dumas
Faber Flaubert Eliasberg Ebner Eschenbach
Feuerbach Maximilian I. von Habsburg Fock Eliot Zweig
Ewald Vergil
Goethe Elisabeth von Österreich London
Mendelssohn Balzac Shakespeare Dostojewski Ganghofer
Trackl Lichtenberg Rathenau Doyle Gjellerup
Stevenson Hambruch
Mommsen Tolstoi Lenz Hanrieder Droste-Hülshoff
Thoma
Dach von Arnim Hägele Hauff Humboldt
Verne
Karrillon Reuter Rousseau Hagen Hauptmann Gautier
Garschin
Damaschke Defoe Hebbel Baudelaire
Descartes
Hegel Kussmaul Herder
Wolfram von Eschenbach Dickens Schopenhauer Rilke George
Bronner Darwin Melville Grimm Jerome
Campe Horváth Aristoteles Bebel Proust
Bismarck Vigny Barlach Voltaire Federer Herodot
Gengenbach Heine
Storm Casanova Tersteegen Grillparzer Georgy
Chamberlain Lessing Langbein Gilm
Brentano Lafontaine Gryphius
Strachwitz Claudius Schiller Kralik Iffland Sokrates
Katharina II. von Rußland Bellamy Schilling
Gerstäcker Raabe Gibbon Tschechow
Löns Hesse Hoffmann Gogol Wilde Vulpius
Luther Heym Hofmannsthal Klee Hölty Morgenstern Gleim
Roth Heyse Klopstock Goedicke
Luxemburg Puschkin Homer Kleist
La Roche Horaz Mörike Musil
Machiavelli Kierkegaard Kraft Kraus
Navarra Aurel Musset
Nestroy Marie de France Lamprecht Kind Kirchhoff Hugo Moltke
Laotse Ipsen Liebknecht
Nietzsche Nansen
Marx Lassalle Gorki Klett Ringelnatz
von Ossietzky May Leibniz
vom Stein Lawrence Irving
Petalozzi Platon Knigge
Pückler Michelangelo Kafka
Sachs Poe Liebermann Kock
de Sade Praetorius Mistral Zetkin Korolenko

Der Verlag tredition aus Hamburg veröffentlicht in der Reihe **TREDITION CLASSICS** Werke aus mehr als zwei Jahrtausenden. Diese waren zu einem Großteil vergriffen oder nur noch antiquarisch erhältlich.

Symbolfigur für **TREDITION CLASSICS** ist Johannes Gutenberg (1400 — 1468), der Erfinder des Buchdrucks mit Metalllettern und der Druckerpresse.

Mit der Buchreihe **TREDITION CLASSICS** verfolgt tredition das Ziel, tausende Klassiker der Weltliteratur verschiedener Sprachen wieder als gedruckte Bücher aufzulegen – und das weltweit!

Die Buchreihe dient zur Bewahrung der Literatur und Förderung der Kultur. Sie trägt so dazu bei, dass viele tausend Werke nicht in Vergessenheit geraten.

Humoresken in Franktfurter Mundart

Adolf Stoltze

Impressum

Autor: Adolf Stoltze
Umschlagkonzept: toepferschumann, Berlin

Verlag: tradition GmbH, Hamburg
ISBN: 978-3-8424-9375-9
Printed in Germany

Rechtlicher Hinweis:
Alle Werke sind nach unserem besten Wissen gemeinfrei und
unterliegen damit nicht mehr dem Urheberrecht.

Ziel der TREDITION CLASSICS ist es, tausende deutsch- und
fremdsprachige Klassiker wieder in Buchform verfügbar zu
machen. Die Werke wurden eingescannt und digitalisiert. Dadurch
können etwaige Fehler nicht komplett ausgeschlossen werden.
Unsere Kooperationspartner und wir von tradition versuchen, die
Werke bestmöglich zu bearbeiten. Sollten Sie trotzdem einen Fehler
finden, bitten wir diesen zu entschuldigen. Die Rechtschreibung der
Originalausgabe wurde unverändert übernommen. Daher können
sich hinsichtlich der Schreibweise Widersprüche zu der heutigen
Rechtschreibung ergeben.

Text der Originalausgabe

Adolf Stoltze

Humoresken

Adolf Stoltze.

Humoresken

in

Frankfurter Mundart.

Erster Band der gesammelten Werke.

Dritte Auflage.

Frankfurt a. M.
Verlag von Heinrich Stoltze.
1902.

Dem Gedächtnis — — —

meines lieben Freundes

— — — G. A. Strohecker

gewidmet.

Adolf Stoltze.

Ich kann es immer noch net fasse,
Un fass es ääch im Lewe nie,

Dass du uns hast so frieh verlasse
   Du vatterstädtisches Schennie.

Was hatte merr for Pleen, for scheene,
   Noch for die Zukunft ausgeheckt,
Un jetzt steh ich mit bittre Threne
   Vorm griene Hiegel, der dich deckt.

Du hast ja all mei heitre Sache
   Zur rechte Geltung ehrscht gebracht,
Ganz Frankfort musst derr herzlich lache
   Wann du enn ebbes vorgemacht.

Mir zittert in der Hand die Fedder,
   Die derr die Humoreske weiht,
Sin's ääch kää Bliete, sin's doch Bletter
   Der Freundschaft un der Dankbarkeit.

Inhalt

Die Ros.

Der Herr Maier, der sich mit emme i, un der Herr Mayer, der sich mit emme y geschriwwe hat, warn alle zwää große Nadurfreund un sin drum regelmeßig jeden Morjend um die Bromenad spaziern gange. Der Herr Maier mit dem i, vom Bockemer nach dem Eschemer un der Herr Mayer mit dem y, vom Eschemer nach dem Bockemer Dhor. Un so oft se sich unnerwegs begegend sin, hawwe se zu gleicher Zeit an ihr graue Cilinderhiet gegriffe un hawwe gegrießt, un hawwe mit großem Nachdruck, awwer doch sehr heflich gesacht: »Gute Morje Herr Maier!« »Gute Morge Herr Mayer!« Dann sie warn gar nicht verwandt mit enander.

Der Herr Maier mit dem i war odder, im Gegesatz zem Herr Mayer mit dem y, nicht nor e großer Nadurfreund von de sämtliche Bromenade, sonnern er war ääch e großer Verehrer von de Blumme die drei geblieht hawwe, un er is oft vor enn steh gebliwwe un hat gesacht: »Was e Pracht! un wie schee, un wie nadierlich, beinah wie gemacht beim Blummehersch.« Un er hat an enn erumgeroche un geschnuffelt, ehrscht mit dem linke Naseflichel, dann mit dem rechte Naseflichel un dann mit alle zwää bääde Naseflichel zusamme, un hat als dabei vor sich hiegemormelt: »Gott, was e Odeur vom e Duft! der reine Mouson.«

Der Herr Mayer mit dem y hingege hat sich gar nix aus de liebliche Kinner der Flora gemacht un hat se keines Blicks gewerdigt, dann er hat uff den Standpunkt gestanne, daß se ihrn Beruf verfehlt hätte. »Was Stuß mit die Blumme!« hat er gesacht, »kann merr se doch nicht genieße, wedder in der Supp, noch als Beilag. Wer sei Geld eweck will werfe, schaff sich Blumme aa – mir kenne se gestohle wern.«

Un es war drum ääch der Herr Mayer mit dem y net wenig verdutzt, wie er am e scheene Dag e Vorladung zem Assesser Bär krieht hat, weil er in der Bromenad e Ros abgebroche hätt. Un er is dessentwege ääch ganz echauffiert im Dermin erschiene un hat gesacht: »Herr Assesser,« hat er gesacht, »wie komme Se merr vor mit die Vorladung!« Da hat odder der Assesser Bär e grimmig Gesicht geschnitte un hat sei Stern in so viel Falte gelegt, daß se ausgeseh hat wie e verkrumpelter Nachtjobbel, un hat sehr streng gesacht: »Des wern Se gleich heern, Herr Mayer, Herr Jacob Mayer.« Un dann hat er die Akte uffgeschlage un hat gesacht: »Scheme Se sich Herr Mayer, die Bromenad der freie Stadt Frankfort zu plindern!«

Da is odder der Herr Mayer mit dem y uffgesprunge un hat ganz erregt erwiddert: »Ich schem merr odder nicht, Herr Assesser Bär, nicht der schwarze unnerm Nagel schem ich merr. Ich habb's doch nicht netig, ich habb doch nicht geplindert der Bromenad der freie Stadt Frankfort.«

»So!« hat jetzt odder der Assesser Bär gekrische, »so, Sie wolle leigne?!«

»Ja, des will ich!« hat der Herr Mayer mit dem y gesacht, »ja, ich will leigne! Ich kann doch leigne, wann ich's nicht gedhaa habb – dafor kann mir kein Mensch nicht bestrafe.«

Da hat odder der Assesser Bär enn feuerrote Kopp krieht und hat geknerscht: »Gut! so wer ich's Ihne beweise: Sind Sie verflossene Donnerschdag um 9 Uhr Vormiddags um die Bromenad gange, odder nücht?«

»Freilich bin ich drum gange, ich geh doch jeden Morjend drum erum un widder zerick, von wege der Verdauung un weil merr's der Herr Hofrat Stiwwel verordent hat. Der Herr Hofrat Stiwwel is doch mei Hausarzt.«

»Schon gut, schon gut!« hat der Assesser Bär gebrummt. »Den Schmuhs kenne merr, awwer er batt Ihne nix, dann Sie sin dabei gedappt un uffgeschriwwe warn, wie Se die Ros abgebroche hawwe.«

»Gedappt un uffgeschriwwe!« hat da awwer ganz verwunnert der Herr Mayer gerufe un hat e Gesicht gemacht wie e Hammel der Zahweh hat. »Wie kann mer merr dappe, wann ich nicht zugege bin – Herr Assesser, wie kann mer das? Ich bin noch niemals nicht gedappt warn; sogar als Bub nicht, wie merr Aeppel gestrenzt hawwe.«

»So, des werd ja immer scheener, also Aeppel hawwe Se ääch gestrenzt?«

»Erläwe Se, Herr Assesser, der Aeppel sin verjährt, des war doch vor verzig Jahr.«

Da hat sich odder der Assesser Bär in seiner ganze Werde uffge-
richt un hat sehr streng gesacht: »Behalte Se Ihre Rechtsbelehrung
for sich, Herr Mayer, hier handelt es sich nicht um Aeppel, sondern
um die Ros, die Sie abgebroche hawwe un wobei Sie in flagranti
verwischt sin warn. Verstanne?«

»In Flagranti!« hat awwer da ganz perplex der Herr Mayer geru-
fe. »In Flagranti, vorhin soll's doch in der Bromenad gewese sei.
Herr Assesser, Sie verwechsele merr, ich war doch noch niemals
nicht in Flagranti gewese, noch niemals nicht!«

Da is awwer der Herr Assesser Bär uff äämal ganz griegehl vor
Zorn im Gesicht warn un hat in ähm Gift gekrische: »Jetzt platzt
merr der Geduldsbennel! Gläwe Se, ich weer for Ihne allääns da,
daß Se die Sitzung mit Ihrer Verstocktheit uffhalte derfte? draus
steht noch die ganze Stubb voll Leut, die gestraft sei wolle!« Un
dabei is er, wie e wiethend Dhier nach dem Vorzimmer gesterzt un
hat gerufe: »Der Gensdarm soll ereikomme!«

Un der Gensdarm, e korzer dicker Stoppel mit zwää klääne Mäu-
säugelcher is ereigestolwert un hat sich kerzegrad vor dem Herr
Assesser uffgestellt.

»Kenne Se den Mann widder, der die Ros in der Bromenad abge-
broche hat?«

»Jawohl, Herr Assesser!«

»No, is es der?« hat der Assesser Bär gefragt un uff den Herr Ma-
yer mit dem y gedeut.

»So kann ich des net sage, da muß er ehrscht sein Hut uffsetze,«
hat der Gensdarm gemeent.

»Herr Mayer, setze Se Ihrn Hut uff.«

Un der Herr Mayer hat sein Cilinder uff den Kopp gestilpt, ganz
verwoge, un hat gesacht: »No,« hat err gesacht, »kenne Se merr
widder, odder kenne Se merr nicht mehr widder?« Un dabei hat er
sich ganz siegesbewußt vor den Gensdarm gestellt.

Un der Gensdarm hat enn betracht von unne bis owe, un is
zwäämal um enn erum gange un hat dann gesacht: »Ja, er is es, ich
kenn enn an sein graue Cilinder.«

Wie des odder der Gensdarm gesacht hat, is der Herr Mayer wie e Daschemesser zusammegeknickt, un is mit seim Hut uff den Kopp, uff enn Stuhl gesunke un hat gestehnt: »Er kennt merr, un ich habb enn doch meiner Lebbdag noch nicht geseh!«

»Ich nemm's uff mein Diensteid«, hat der Gensdarm bemerkt, nachdem er sich noch emal den Deliquent betracht hat.

»Abtrete!« hat der Assesser Bär kommandiert un hat sich dann an den Herr Mayer gewendt un hat gesacht: »Herr Mayer, Sie sin iwwerfiehrt, vollstennig iwwerfiehrt. Eigentlich sollt ich Ihne wege Ihrm hartneckische Leigne besonnerscht hart bestrafe, weil Se awwer Frää un Kinner hawwe un die wahrscheinlich von der Sach nix erfahrn solle, so will ich die Straf uff drei Gulde festsetze.«

Un der Herr Mayer, der noch ganz verdattert dagesesse hat, is uffgestanne un hat gesacht: »Awwer Herr Assesser, wann ich Ihne versicher – –«

»Da is nix zu versichern,« hat enn der Assesser Bär unnerbroche, »Sie sin verknaßt, un wann Se die drei Gulde net bezahle, schick ich Ihne den Fiskal ins Haus.«

Da hat dann der Herr Mayer in sein Sack gegriffe un hat drei Gulde hiegelegt un hat gesacht: »E dheuer Ros, die ich noch net emal geseh habb. Ich bezahl der drei Gulde odder nor unner Vorbehalt von meiner Unschuld!« Un dann is er in ähm Roches die Dhier enaus, un iwwern Paulsplatz uff den große Kornmark, um im neue Berjerverein seim gepreßte Herze Luft ze mache. Wie er odder die Drepp im neue Berjerverein enuffgestiche is, is von owe der Herr Maier mit dem i erunner komme. Un der Herr Maier mit dem i hat den Herr Mayer mit dem y gegrießt un hat sein graue Cilinder gelift un hat gesacht: »Gute Morge Herr Mayer! heut nicht in der Bromenad gewese?«

»Nein!« hat der korz erwiddert, »der Bromenad is merr vergällt.«

»Wieso vergällt?« hat der annere Herr Maier gefragt, »wieso vergällt? von weswege, warum vergällt? Es bliehe doch ewe die Rose dort.«

»Sin Se merr still von dem Unkraut, wo des Stick drei Gulde kost!« hat der Herr Mayer mit dem y gerufe un hat sei Malheur verzehlt.

Un der annere Herr Maier hat enn aageheert, ganz ruhig, un wie er ferdig war, hat er gesacht: »Herr Mayer,« hat er gesacht, »Sie därfe nicht Schadde leide dorch mich; das ist eine Verwechslung, ich habb der Ros abgebroche, ich bin gedappt un uffgeschriwwe warn. Sie misse freigesproche wern; komme Se, merr gehn derect uffs Amt, eh's zugemacht werd.«

Un sie sin direct uff's Amt gange un ääch gleich vorgelasse warn. Un der Herr Mayer mit dem y is ganz batzig vorgetrete un hat sehr laut gesacht: »Da bin ich widder, Herr Assesser, odder nicht allein, sondern mit meim Unschuldszeuge.«

»Un Sie wolle?« hat der Assesser Bär gefragt.

»Gerechtigkeit!« hat odder da der Herr Mayer mit dem y gerufe, »Gerichtigkeit, un mei drei Gulde widder. Sie hawwe doch vorhin e Justizmord an merr begange. Hier steht der Mann, der die Ros abgebroche hat, da steht err! Mei drei Gulde eraus!«

Un der Herr Maier mit dem i hat bestätigend genickt un hat gesacht: »Jawohl, Herr Assesser, ich habb's gedhaa – strafe Se merr!«

Da hat odder der Assesser Bär die Aerm iwwer die Brust gekreuzt un hat die zwää Maier mit vernichtende Blicke aageguckt un hat dann zu dem Herr Maier mit dem i äußerst streng gesacht: »So, Sie hawwe ääch e Ros abgebroche, Sie ääch? Fui Deiwel, scheme Se sich!«

»Wie heußt, ääch e Ros abgebroche?« hat awwer da der Herr Maier mit dem i zwar ganz energisch, awwer doch etwas kleinlaut erwiddert, »wie heußt, ääch e Ros abgebroche? ich habb se doch allääns abgebroche, es hat merr doch kää Mensch nicht geholfe.«

»Still!« hat awwer da der Assesser Bär gekrische, »still! wolle Sie vielleicht die Bolizei weiß mache, daß nor ääner Rose in der Bromenad strenzt? wolle Sie des?« Un bei dene Worte is er uffgesprunge un hat in die Newestubb gerufe: »Der Gensdarm soll ereikomme!« Un der Gensdarm is ereigehumpelt komme, un der Assesser Bär hat gesacht: »Meine Herrn, setze Se Ihr Hiet uff! – So Gensdarm, jetzt sage Se, wer die Ros abgebroche hat.«

Un der Gensdarm hat ehrscht den Herr Mayer mit dem y, un dann den Herr Maier mit dem i von unne bis owe betracht un is mehrmals um jeden erumgange un hat dann gesacht: »Herr Assesser, sie hawwe alle zwää e Ros abgebroche, ich kenn se an ihre graue Cilinderhiet.«

»Nadierlich hawwe se deß!« hat der Assesser Bär gerufe, »den ääne Maier nemme Se uff Ihrn Dienstеid un der annere hat sich selwer aagezeigt un bezahlt dessentwege ääch drei Gulde.«

»Ja awwer,« hat da der ääne Maier ganz verdattert un schichtern gesacht: »ja awwer, es kimmt doch noch immer druff aa, ob der Gensdarm den Maier mit emme y, odder mit emme i geschriwwe hat.«

Un da hat der Gensdarm sei Nodizbuch erausgezoge un hat eneigeguckt un hat gesacht: »Ich haww enn mit emme »jott« geschriwwe.« »Also noch ääner!« hat der Assesser Bär gekrische, »also noch ääner! No, da werd die Bromenad bald ganz geplinnert sei. – Meine Herrn, an Ihrer Straf kann ich nix ennern; des awwer versprech ich Ihne, wann merr den Majer mit dem »jott« dappe, bezahlt er ääch drei Gulde, dadruff kenne Se sich verlasse. Un des von rechtswege –

Punktum!«

Der Gänsebraten.

»Eene jut jebratene Jans is ne jute Jabe Jottes!« Dem Grundgedanke dieses tiefdorchdachten Sprichworts hat sich der Herr Gotthelf Grenzerich ohne jedem Vorbehalt aageschlosse. Der Herr Gotthelf Grenzerich war nemlich e Feischmecker allerehrschter Sort, der an jedem Wertshaus an dem er vorbeikomme is Halt gemacht un geroche un geschnuffelt hat, was es drei Gutes ze esse geb. Un wann er sich uff die Weis die Nas mit Duft gelade hat, is er jedesmal ganz traurig weiter gange un hat for sich hiegebrummelt: »So wat kann sich enn Steuerunterbeamte nich leiste, mit dem Jehalt.« Am melancholischste war awwer der Herr Grenzerich während der Gänszeit; dann for die Gäns hat er geschwärmt bis dortenaus un noch e Stickelche weiter. Un er hat dessentwege ääch den Flichel der Gans viel heher als die Gans am Flichel geschätzt, un hat behaupt, e knupprig Gänsbristche weer des Elysium des guten Geschmacks. Der Herr Gotthelf Grenzerich hat odder nicht allää gern gut gesse, der Herr Grenzerich hat ääch gern viel gesse, un e Portion Gans mit Käste im Wertshaus is emm wie e Parodie uff enn gesegende Appedit vorkomme. Un der Herr Grenzerich hat dessentwege zu sich selwer gesacht: »Kochen hab ick beim Rejement jelernt, also kann ick mir als Jungjeselle ooch mal ne Jans selber brate.« Un mit der Zeit is die Perspektiv uff enn selbstbereitete Gänsbrate vollstennig zur fixe Idee bei emm warn, un er is regelmeßig uff den Geflichelmark gelääfe un hat alle Gäns die Schmälzer gedrickt un die Schnäwwel gebroche. Un die Gänsbauern hawwe schnell ihr Kerb zugedeckt wann sen in der Fern geseh hawwe, dann sie hawwe gewißt, daß emm ja doch alles ze dheuer war.

Endlich, am e scheene Dag, es war schon spet un hat ze regne aagefange, is der Herr Grenzerich der Erfüllung seiner Winsche erheblich neher komme; dann grad wie er mißmutig dem Mark, mit seine hohe Preis den Ricke wenne wollt, is wie ganz zufällig sei Blick uff des letzte derre Gänsi, vom e dicke Bauer gefalle.

Un der Herr Grenzerich hat des arme Viehche, des vermutlich am Abnemme gestorwe war, an seiner Strohkrawatt, die um sei eigesunke Hälsi geschlunge war, gedappt un in die Heh gehowe, un hat gesacht: »Die is man janz blau.«

»Die is jo aach aus dem blaue Ländche,« hat der Bauer piffig erwiddert.

»Sojar der Schmelzer is blau.«

»Des schadd nix, die hun e bissi zu viel gefresse.«

»Na, wat kostet denn die Jans?«

»Vier Mark«.

»Eenen Dhaler!« hat der Herr Grenzerich, mit vor innerer Bewegung zitternder Stimm entgegend. »Eenen Dhaler!«

Un der Bauer hat vergniegt in sich eneigelacht un hat dem Herr Grenzerich die Gansleich ausgeliwwert. Un der Herr Grenzerich hat se am Schlund gedappt, un hat se meglichst ufffällig dorch die Denjesgaß, iwwer den Roßmark un die Zeil, uff den kerzeste Weg nach seiner Wohnung in die Allerheiljegaß getrage. Derrhääm aakomme, is er dann gleich zu seiner Hausfrää gange un hat sich zwää Dippe gebumbt, ääns for des Gänsfett un ääns wo er die Gans drei brate wollt. Un dann hat er e ferchterlich Feuer in sein Ofe gemacht, un is fortgelääfe un hat sich Kastanje un große Rosine un was sonst noch zu erre Gans geheert, geholt, un hat sich ääch gleich Schmalz, zum Vermenge mit dem Gänsfett aageschafft. Widder häämkomme hat er dann sei Gänsi ausgenomme un die Lewwer säuwerlich uff enn Boge Babier gelegt un ausgerechend, was enn der Brate noch koste dhet, wann er for die Lewwer im russische Hof zwää Mark kreg.

Un nachdem des Gänsi zem brate vollstennig hergericht war, hat er's mit emme bissi Wasser ins ääne Dippe gedhaa un in sein altmodische Kochofe geschowe, des annere Dippe awwer hat er mit Schmalz gefillt un uff's Oferohr gestellt, damit's vergeh sellt.

Un wie dann die Gans aagefange hat ze brate, hat er sorgfältig des wenige Gänsfett, des wie Worschtfett so grie ausgeseh hat, abgescheppt, un hat's zu seim viele Schmalz geschitt; dann hat er die Ofedhier widder zugemacht un mindestens enn halwe Kroppe Stääkohle aagelegt.

Weil odder des Gänsfett nor langsam kalt werd, un weil in dem klääne Stibbche e ferchterlich Hitz war, hat er des Fenster uffgemacht un des Gänsfett enaus uff die Fensterbank gestellt. Un dann hat er uffgeräumt un da er, um des Eigeweid unnerzebrenge, kää

Dippe mehr gehabbt hat, hat er's als ordnungsliewender Mann zem Fenster enausgeworfe.

Wie odder jetzt alles schee in der Reih war, da is es dem Herr Gotthelf Grenzerich ehrscht wahrhaft behaglich warn, un er hat sich e Sigaar aagesteckt un hat erwartungsvoll dem große Äägeblick entgegegeseh, wo er des Gänsi aus dem Ofe nemme un verzehrn kennt. Wie er odder ewe noch im Vorgefiehl kinftiger lukulischer Genisse mit der Zung geschnalzt, un mit zesammegezogene Naseflichel den brenzlerische Fettgeruch, der aus dem Ofe gestremt is, mit Wohlbehage eigesoge hat, is uff äämal sei Stuwwedhier uffgefloge un e bäämlanger Schutzmann, um dessen Bickelhaub des ganze Gänseigeweid lorbeerkranzartig geschlunge war, is ereigesterzt komme un hat gekrische: »Wie kenne Sie sich unnersteh emme kenigliche Sicherheitsbeamte die Säuerei uff den Kopp zu werfe!«

Un der Herr Grenzerich is wie vom Blitze getroffe in die Heh gefahrn un hat gestottert: »Herjott! det Jeschling is man janz alleene vom Fenster runterjefallen. – Sie werden doch nich jloben, det ick mit Absicht Ihre Pickelhaube dekoriren wollte.«

»Hier is nix ze gläwe, hier is der Beweis!« hat der Schutzmann erwiddert un hat emm sein Helm unner die Nas gehalte.

Un der Herr Grenzerich hat die vielverschlungene Gänsderm von der Bickelhaub abgewickelt, und hat die arg verschmierte Kopfbedeckung widder schee blank gebutzt un dann um Gotteswille gebitt, doch ja kää Anzeig mache ze wolle.

»Des kann ich net!« hat odder da der gutmietige Schutzmann gesacht, »was ich dhu kann, soll gescheh; ich will die Sach in so me milde Licht darstelle, daß Se mit zwää Mark Geldstraf dervokomme.«

Bei dene trestliche Aussichte is dem Herr Grenzerich enn Stää vom Herz gefalle, dann er hat gedacht dorch die Lewwer seim Schadde widder beizekomme. Un dankgeriehrt wollt er dem Schutzmann seiner dunkle Drepp enunnerleuchte, un deshalb enn Fidibus von dem Babier abreiße, uff dem die Lewwer gelege hat. Wer odder beschreibt sein Schreck, wie des Babier leer war un er grad noch geseh hat, wie die oosig Scheckel vom ehrschte Stock, die mit dem Schutzmann in die Stubb geschluppt war, mit der Lewwer die Drepp enunnergefegt is. Niddergedonnert dorch so viel Schick-salsschleg is er uff enn Stuhl gesunke un hat gestehnt: »Det Je-schling hat der Schutzmann ruffjetragen un die Leber hat die Katz runterjeschleppt. Det is mir enn teurer Jänsebraten!«

Un selbst der Schutzmann schien von dem Mißgeschick geriehrt un hat uff die Beleuchtung verzicht un nor gebitt, die Dhier e bissi uffzelasse bis err die Drepp gefunne hätt. Un der Herr Grenzerich hat sei Dhier bereitwilligst bis hinne widder uffgemacht, un der Bolizeibeamte hat mit meglichster Vorsicht sein Rickzug aagetrete.

Weils odder an dem Dag sehr windig war, is dorch den Gegezug von der Dhier des Fenster zugeschmisse un hat des Dippe mit dem Gänsfett so umgesterzt, daß die ganz Soos auswennig am Haus enunnergelääfe is. Wann dem Herr Grenzerich in dem Äägeblick der Verstand still gestanne hat, so konnt enn des kää Mensch net iwwel nemme, dann all sei Hoffnunge uff geschmierte Gänsfettb-rederche warn for immer vernicht.

Allmelig odder hat er sich doch widder von seim Schrecke erholt, un stann grad im Begriff sein Schadde rechnerisch festzestelle un ze unnersuche was emm jetzt die Portion Gans koste dhet, als awer-mals sei Stuwwedhier uffgefloge un sei vierschröterischer Haus-herr, mit emme Mordsprichel bewaffend, uff der Schwell erschiene is.

»Ihne muß ja Gott verblitze!« hat der Hausherr withend gekri-sche, »wie kenne Se mei frisch aagestriche Haus so verschmiern, Sie Ichel!«

»Ja, wat is un schon wieder los?« hat der Herr Grenzerich zem Dod erschrocke gefragt, un is in die äußerst Fenstereck reteriert.

»Was los is, frage Se ääch noch – soll ich Ihne die Nas druffstu-mbe? Mit Ihrm verwinschte Worschtfett, odder Vaselin was es is, hawwe Se merr die ganz Fassad von owe bis unne verdreckst.«

»Det bisken Jänsfett macht man wieder weg.«

»Nadierlich, Sie krawwele drei Stockwerk hoch die Wand enuff un kratze's ab um sich's hernachend uff's Brot ze schmiern, Sie Ol-wel! Deß muß mit hääß Wasser un Schmiersääf abgewäsche wern, un dazu brauch merr e Gerist. Unner zwanzig Mark komme Se net erum.«

»Zwanzig Mark!« hat der Herr Grenzerich gerufe un hat sich an erre Stuhllehn gehalte, damit er net umgefalle is. »Zwanzig Mark un det janze Jansfett futsch.«

»Brauche Sie Gäns ze fresse, wann Se's net versteh? Annern Leut sin froh, wann se des Fett im Dippe hawwe un Sie verschmiern die Häuser mit. Pfui Deiwel! schäme Se sich.«

Un der Herr Grenzerich hat sein Haustyrann inständig gebitt, von der Forderung von zwanzig Mark doch ebbes nachzelasse; un nach vielem Gekrisch von der ääne, un viele Seufzer von der annere Seit, sin se endlich iwwer fufzeh Mark Entschädigung äänig warn. Un der Herr Grenzerich hat mit schwerem Herze sein leichte Geldbeutel gezoge un hat sein Peiniger zefridde gestellt.

»So«, hat er dann zu sich selwer gesacht, wie er widder allääns war, »nu wüßte ick wirklich nich was mir noch zustoßen könnte, wenn ick mir jetzt mit Jemietsruhe eenen Jansschenkel inverleibte.«

Un der Herr Grenzerich hat die halbgliehend Ofedhier, hinner der sei Gänsi geschmort, net ohne sich die Pote zu verbrenne, uffgemacht, un es is emm enn Dunst entgegekomme, als wann e Lager alter Schlappe abgebrennt weer.

Un der Herr Gotthelf Grenzerich hat sich schnell sei bääde Naseflichel zugehalte, un war vellig sprachlos wie er in sei Dippe geguckt hat, un es hat e Ding dadrei gelege, des aussah wie e zusammegedrickter schwarzer Zugstiwwel, der Feuer gefange hat.

»Verbrannt!« hat er gestehnt un is ans Fenster gesterzt un hat's uffgerisse, damit er net erstickt is. »Total verbrannt! Det weeß ick nu: Eenmal eene Jans jebraten un nie wieder!«

Das gemeinschaftliche Telephon.

»Simon«, hat die Frää Stern zu ihrm Mann gesacht, »Simon, warum haww ich kein Telephon in meiner Wohnung, warum nicht?«

»Warum nicht«, hat der Herr Stern mürrisch erwiddert, »warum nicht – darum nicht, Selma; weil merr doch eins im Geschäft hawwe, darum nicht!«

»Was nutzt merr e Telephon bei dir im Geschäft, wann ich's nötig habb in mei Wohnung? Nix nutzt merr's, gar nichts nutzt merr's! Nicht im Geringste nutzt merr's.«

Da hat se odder ihr Mann, der Herr Simon Stern mit emme vernichtende Blick aageseh un hat gesacht: »Mei Ruh sollst de merr lasse mit dei Aasprich! Wozu brauchst du e Telephon? Dei Cousine im ehrschte Stock, meim Bruder sei Frau hat doch auch keins – un die hat doch zwanzigdausend Mark mehr mit in die Eh gebracht, un die hat doch auch keins. Stuß, mit der Telephon!«

Da hat sich odder die Selma in die Brust geworfe un hat stolz erwiddert: »Mei Cousine, ich glaubs, die is ääch im e Landstädtche aufgewachse – ich odder bin von Redelheim!«

»Ich weiß«, hat der Simon spettisch gerufe; »ich weiß, daß de nicht weit her bist!«

Wie des odder die Selme geheert hat, hat se enn Aafall kriebt un hat laut geschluchzt: »Bin ich derr schon mieß? Nor Geduld, ich schreib meiner Mutter, die werd derr sage wer weit her is, die werd derr's sage!«

Bei dem Gedanke an sei Schwichermutter is odder der Herr Stern zesammegefahrn, wie e verknallt Verteldutt un hat ganz verknerscht un demietig gestottert: »Awwer Selma, kannst de kei Spaß mehr vertrage?«

»So kei Späß nicht!« hat die Selma gestehnt, »so kei nicht!«

»Gut«, hat ihr reumietiger Gatte getrest, »gut, ich mach' andere,« un dabei hat er mit seim Zeigefinger Gieks gemacht, un hat er an ihrm Hälsi erumgekrawwelt un hat se kitzlich mache wolle.

»Nicht!« hat odder da die Selma gelacht un hat enn uff die Pode gekloppt, »nicht Simon! wann de willst, daß ich lache soll, schaff merr e Telephon aa – awwer laß dei Gefuschel, es konmt derr doch nicht von Herze.«

»Woso, nicht von Herze?« hat der Simon gesacht un hat noch e-mal Gieks gemacht. »Gieks! nicht von Herze, wie kannst de das sage, es kommt merr doch ja von Herze. Gieks!«

»Awwer der Telephon nicht.«

»Auch der Telephon, wann de's hawwe willst, auch der Telephon! Was merr der Besuch von deiner Mutter kost, dafor krieh ich schonn e halwes uff e ganz Jahr.«

»Wie heußt, e halwes? Meinst de eins wo wer blos eneisprecht, odder eins wo mer blos erausheern kann?«

»Versteh merr recht, Selma,« hat odder da der Herr Stern gesacht un hat se vellig uff sein Schooß gezoge, »versteh merr recht: du un mei Bruder sei Frau, dei Cousine im ehrschte Stock kriehe eins zusamme.«

»Eins zusamme!« hat die Frau Stern langgedehnt gerufe, »eins zusamme! Immer alles zusamme! Krieh ich enn neue Hut, krieht sie doch auch enn neue Hut, krieh ich Brilljantohrring, krieht se auch Brilljantohrring; krieh ich e neu Dienstmädche, krieht se auch e neu Dienstmädche, un jetzt soll se auch gleich e Telephon kriehe, weil ich e Telephon krieh. Wann se alles kriehe soll, was ich krieh, dann hätt merr gescheider dei Bruder auch geheirat.«

»Wer sacht derr, daß se alles krieht was du kriehst? Du hast doch enn Bub, un sie hat doch kein Bub – sie hat doch gar kein Bub nicht. Etsch!«

»Abwarte!« hat odder da die Selma gesacht, »abwarte, Simon. – Sie macht merr doch alles nach, un du brengst err sogar der Telephon dazu ins Haus.«

»No, wann ich's err nicht ins Haus breng, sprecht se bei dir fern for mei Koste.«

»For dei Koste?«

»No freilich dhut se's, un du kannst nicht nei sage, dann es is doch dei Schwegern. Das halwe Abonnement sprecht se derr weg, das Babbelmaul. Dann wann's nichts kost, steht err der Schnawwel nicht still.«

»Das dhut se,« hat die Selma nachdenklich erwiddert, »das dhut se. Gut, redd du mit dei Bruder, ich will mit seiner Frau redde von wege dem halwe Telephon.«

Un der Herr Simon Stern hat mit seim Bruder, dem Herr Jacob Stern im Geschäft geredd, un die Frää Selma Stern is in ehrschte Stock zur Frää Elsa Stern, ihrer Cousine gange, un hat gesacht; »Elsa,« hat se gesacht, »weißt de's schon, merr kriehe e Telephon?«

»Wofor?« hat die Elsa erwiddert, »wofor?«

»No, wofor – dafor, weil's Mode is. Weil die Sternberg un die Blummethal auch eins hawwe. Du kannst dann doch mit dei Jacob redde wann er garnicht derrheim is, un es kost derr nor das halwe Geld.«

»Es kost merr odder gar nichts wann er derrheim is – da kann ich doch mit emm umsonst redde, ganz umsonst.«

»Wann er odder auf der Reis is, un er will derr gute Nacht sage, odder er will derr e Kuß gewwe, kann er doch nicht, kann er doch gar nicht.«

»E Kuß? mach kei Stuß! Er kann doch nicht durchs Telephon kisse?«

»Nadierlich kann err's, wann err's gelernt hat. Wann merr mit jemand spreche kann, kann merr's doch auch kisse.«

»Awwer nicht auf den Mund, doch nor auf's Ohr.«

»Wann auch – du kannst awwer dei Jacob controlliern, ob er derr Gun Nacht sacht mit emme Kuß, oder ohne emme Kuß – er kann derr doch nix vormache.«

Des hat dann ääch der Elsa eigeleucht un sie hat gesacht: »Wann's mei Jacob recht is, ich bin mit eiverstanne.«

»Was ich odder noch sage wollt,« hat die Selma bemerkt, »das Telephon wird bei mir aufgehängt, in mei Schlafstubb, von wege meim Bub, meim Alfred, weil ich da doch nicht immer in ehrschte Stock laufe kann, wann's schellt.«

»Wie, mei Hälft auch?« hat die Elsa iwwerrascht gefragt. »Mei Hälft auch?«

»Nadierlich, dei Hälft auch. Es kost doch nicht soviel Draht, wann's blos bis in zweite Stock reicht.«

»Ich will odder nicht von mei Jacob gekißt sei vor Zeuge, ich will allei gekißt sei, ohne Zeuge.«

»Das sollst de auch, ich geh in e ander Stubb.«

»Gut!« hat die Elsa gesacht, »gut, ich komm zu derr enauf. Was werd ich viel fernzespreche hawwe, außer mit mei Jacob.«

Wie odder des Telephon bei der Selma aagemacht war, da hat doch die Elsa viel ze spreche gehabbt, sehr viel sogar. Un des Dienstmädche vom zweite Stock is jetzt alle Äägeblick in ehrschte Stock gesterzt komme un hat uff die Schell gedrickt un hat gekrische: »Frau Stern, es hat for Sie geschellt, es hat for Sie sehr stark geschellt.« Un die Frää Selma un Elsa hawwe den ganze Dag am Telephon gelege un hawwe sich nach alle Himmelsgegende, mit jedem der enn Aaschluß gehabbt hat, unnerhalte.

Awwer nicht nor unnerhalte hawwe se sich, sonnern ääch sämtliche Haushaltungsaagelegenheite sin von jetzt ab dorch den Fernsprecher erledigt warn. Un wann die Frää Selma Stern for zehe Pfennig Gewerzel, odder e Packet schwedische Schwewelhelzer ohne Schwewel dorch's Telephon bestellt hat, hat odder ääch schonn die Frää Elsa hinner err gestanne un hat ungeduldig gesacht: »Laß mich doch ääch emal draa, du leßt mich ja gar nicht, der Telephon is doch gemeinschaftlich.« Un dann hat se um Aaschluß gebitt un gerufe: »Hier, Frau Elsa Stern, vom ehrschte Stock! Wer dort?« – »Schilling.« – »Gut, Herr Schilling, schicken Se merr doch gleich, awwer gleich, zur gefällige Aasicht, zwei frische Indianer, einen behalt ich, wann er merr schmeckt.«

Un wann die zwää Schwegerinne gar nix mehr ze bestelle odder auszerichte hatte, odder ihr Sprechwerkzeug war erschöpft un des Drommelfell aagegriffe, dann hat die Frää Selma ihrn klääne Bub, ihrn Alfred ebeigeschleppt un hat enn dorch's Telephon flenne lasse, damit sei Vatter im Candor geheert hat, daß err noch gut bei Stimm war.

Awwer damit net genug, daß se sich mit ganz Frankfort unnerhalte konnte, hat se der Fernsprechkitzel immer mehr gereizt, un sie hawwe mit Offebach un Worms, un speter mit Fürth, Minche un Berlin lebhaften Gedankeaustausch gepfloge, dann sie hawwe nicht gewißt, daß es nach außerhalb e Mark extra kost.

Am e scheene Dag odder is der Herr Simon Stern häämkomme mit emme Gesicht wie e Tieger, un hat sei Frää, sei Selma sehr unwersch aagefahrn un hat gesacht: »Selma!« hat err gesacht un mer hat emm die innere Erregung äußerlich aagemerkt; »Selma, was sin das for Strääch! Bist de mischucke, odder bin ich mischucke?«

Da hat enn odder die Selma ganz verdutzt aageguckt un hat erwiddert: »Ich verbitt merr dei Schmuhs, Simon; du bist hier nicht im Kaffeehaus!«

»Das weiß ich.«

»No also, dann sei still!«

»Was!« hat odder jetzt der Herr Simon Stern gekrische, »was, ich soll still sei, wann du merr in eim Monat siwweunfinfzig Mark aus dem Sack schwätzt?! ich soll still sei, bei dei iwwerflissig Gebabbel?!«

»Wieso, ich? –«

»Wieso? so, so. Da is der Rechnung vom Telephonamt, un das gibt noch nicht emal Skondo.

Da hat odder die Selma mit sehr verzwerwelte Ääge die Rechnung betracht un hat ganz verknerscht gesacht: »Siwweunfufzig Mark! Das haww ich nicht gewußt, Simon. Ja, warum heißt der Telephon Fernsprecher, wann mer nicht in der Fern spreche darf for sei Abonnement, for sei deuer Abonnement? Frankfort is doch kei Fern nicht. Warum heißt der Fernsprecher, Simon, warum?«

»Weiß ich's! Ich weiß nor, daß de dei Schnawwel nicht sollst spaziere geh lasse dorchs Telephon – das weiß ich.«

Un ganz zu derselwige Zeit hat e Stockwerk diefer, der Herr Jacob Stern zu seiner Frää, seiner Elsa gesacht: »Elsa,« hat er gesacht,

»Elsa, du bist e schee Frau, du bist e gebild Frau, du bist e Frau wie Milch un Honig un Latwerg, awwer ein Fehler hast de doch.«

»Ich!« hat da die Elsa betroffe gerufe, »ich!« un hat sich von owe bis unne im Spichel betracht, un hat ihr Fießercher ganz kokett so erausgestreckt, daß ihr Jacob sein Zwicker uffgesetzt hat. »Wo Jacob, wo habb ich e Fehler?«

»Da nicht,« hat da ihr Mann gesacht, »da nicht, awwer wo anders, wo ganz anders. – Du kannst den Mund nicht halte.«

»Ich widdersprich derr doch niemals nicht.«

»Du widdersprichst merr nicht, awwer du sprichst widder un immer widder, un noch dazu dorch's Telephon for siwwenunfufzig Mark auf mei Dheil.«

»Ich?«

»Ja du, da is die Nota. Bleib mit dei Zung im Land un nehr dich redlich. Was brauchst de e Stimm ze hawwe die mer bis in Berlin heert, du suchst doch kei Engagement als Ausrufer, du hast's doch nicht nötig.«

Da is odder die Elsa in e krampfhaft Schluchze ausgebroche un hat gestehnt: »Siwweunfufzig Mark verbabbelt, des hätt merr e neuer Hut gewwe, wie sich die Selma ein gewinscht hat.«

Un die Frää Elsa Stern is mit ihre verflennte Ääge enuff zu ihrer Schwegerin un hat dere Grobheite gemacht un hat gesacht: »Du willst immer alles besser wisse un jetzt seh ich doch, daß de gar nichts weißt, rein gar nichts, Selma – noch nicht emal, daß drei Minute e Mark koste, noch nicht emal das weißt de. Leg derr schlafe mit dei Bildung von Redelheim.«

»Du häst ja nicht so weit enauszespreche brauche.«

»So – der Telephon ist doch gemeinschaftlich.«

»Ewedrum hat dei Mann, dei Jacob auch siwweunfufzig Mark zu bezahle – ewedrum.«

Un die zwää Weiwer sin noch mehr hinnernanner komme, un die Frää Elsa hat der Frää Selma, ihrer Schwegerin erkleert, daß se iwwerhaupt nicht mehr eruff dhet komme, merr sollt err ihrn Aadhääl vom Gesprech enunnerschicke, die Antwort dhet se eruff sage lasse.«

Un die Elsa hat sich werklich drowe drei Dag lang net blicke lasse, un die Selma hat alle Aafrage an sie beantwort un alle Ufftreg ausgericht, awwer immer sehr vorsichdig, damit se mit ihrer Zung net iwwer die Grenz, wo's e Mark kost, komme is.

Am verte Dag odder hat der Herr Jacob Stern zu seiner Frää, seiner Elsa gesacht: »Elsa,« hat err gesacht. »was soll das, ich bezahl der halwe Telephon un du sprechst nicht dorch? Heut Middag um finf Uhr gehst de enauf zur Selma, ich ruf der aa.«

»Awwer! –«

»Nor kei Awwer, wo's unser Geld kost.«

Un pinktlich um finf Uhr is die Elsa enuffgange, un weil die Vorplatzdhier uffgestanne, is se unbemerkt in's Zimmer getrete wo des Telephon gehonke hat. Un die Selma hat an dem Apparat gestanne un hat eneigesproche, un err dabei den Buckel zugekehrt.

»Ich will doch emal heern, was die zu verklawatsche hat,« hat die Elsa bei sich gedacht, un is ganz leise ebeigeschliche un hat häämlich des zweite Hörrohr gedappt un hat mitgehorcht.

»Elsa,« hat's da ganz deutlich an ihr Ohr geklunge, »Elsa, dei Jacob ist's, bist de auch allei?«

Un die Selma hat mit derr Elsa ihre Stimm ins Sprachrohr geflistert: »Ganz allei!« dann sie hat geglääbt, daß es iwwer sie herging, weil der Jacob mit seiner Elsa allei redde wollt. »Ganz allei!«

»Das is gut, das is sehr gut, daß de dei Recht behauptst bei dei Cousine,« hat's aus dem Hörrohr geschallt. »Dafor daß de's gedhaa hast kauf ich derr heut noch den Hut, den sich die Selma gewinscht hat.«

»Der is doch schon verkauft!« hat da die Selma mit der Elsa ihrer Stimm ins Telephon gezischelt, »der ist doch verkauft!«

»Freilich ist er verkauft, awwer ich haww enn gekauft, for dir gekauft. Da hast de auch e Kuß, gebb merr ein widder, odder zwei.« Un es hat dorch's Hörrohr geknallt, daß der Elsa des Wasser im Mund zusammegelääfe is.

Wie sich odder jetzt die Frää Selma mit emme witende Blick nach dem Telephon beuge wollt, um ihrm Schwager ihr Määnung iwwer den eweckgeschnappte Hut ze sage, hat pletzlich e klää weiß Hand den Schallfänger zugehalte un e heiser Stimm hat gekrische: »Was, du willst mei Mann kisse!«

Da is odder die Selma wie von erre Natter gestoche zerickgefahrn un hat gestottert: »Dein Mann – ich dein – –«

»Willst de vielleicht leigne, wann ich dabeisteh! Hat er derr nicht gekißt for mei Rechnung? hat er nicht?«

»Ich brauch dei Mann, dei ebsche Mann!«

»Dhu nicht so groß, merr wisse, was merr wisse.«

»Was willst de damit sage?« hat odder jetzt die Selma zornig gerufe. »Was willst de damit sage? du Hutschnappern! Willst de merr schlecht mache bei mei Simon un bei mei Bub, mei Alfred! Geh merr aus de Auge, geh merr aus de Auge mit deim Schmuhs un mei Hut!«

»Das kann ich!« hat die Elsa erwiddert, »das kann ich, awwer ehrscht mei Hälft vom Telephon eraus – ich will nicht, daß de mei Mann hinner meim Ricke kißt – ehrscht mei Hälft vom Telephon!«

»Ich schick derr se, geh nor, geh nor!«

Un die Elsa is gange un die Selma is witend an's Telephon gerennt un hat's abgerisse, un hat die Dreht mit der Beißzang dorchgezwickt un hat's dann dorch ihr Dienstmädche in ehrschte Stock geschickt. Die Frää Elsa Stern hat's odder nicht aagenomme, weil's mehr als die Hälft war un weil se nix von der Frää Selma Stern geschenkt hawwe wollt. Da hat odder die Frää Selma gesacht: »Wann se's nicht nemmt, stell's err vor die Dhier, mir kommt's nicht mehr erei in mei Logie!«

Un des Dienstmädche hat gedhaa wie's gehääße is warn. Un wie den Awend der Herr Jacob Stern un der Herr Simon Stern aus dem Geschäft häämkomme sin, da sin se alle zwää iwwer die Dreht vom Telephon gestolwert un die halb Drepp enunnergeborzelt. Un die Frää Selma Stern un die Frää Elsa Stern hawwe ihr Vorplatzdhiern uffgerisse, un hawwe gekrische: »Is was bassiert! is was bassiert?« Un der Herr Jacob Stern hat gerufe: »Uff jeden Fall is was bassiert, ich bin iwwer e Telephon gesterzt un habb merr die Nas blutig gefalle!« Un der Herr Simon Stern hat hinzugesetzt: »Un ich bin uff enn gefalle un habb merr des Ohr verschunne an dem Telephon.«

»Das war der Elsa ihr Telephon!« hat die Selma gerufe.

»Nei, das war der Selma ihr Telephon!« hat die Elsa gekrische.

»Wie heußt,« hat odder da der Herr Jacob Stern gesacht. »Wie heußt derr Elsa, derr Selma ihr Telephon – der Telephon geheert dem Staat.«

»Was dem Staat?« hat die Frää Selma gefragt un is dodeblaß warn, »es is doch dodal verbroche.«

»Dann is es e Staatsverbreche,« hat der Herr Simon gesacht, »un es kommt vor's Telephonamt. Die Koste bezahle merr gemeinschaftlich, awwer abgeschafft is es un bleibt's.«

Die Pingstbardie.

»Ach, was freu ich mich die Pingste uff unser Landbardie!« hat die Frää Schlappe von der Bockemergaß zu ihrm Mann, ihrm Schläppche gesacht, un gleich ängstlich derrzugesetzt, »wann nor die Koste net weern, die verderwe merr immer des Vergniege.«

»Umsonst is der Dod,« hat err ihr Mann erwiddert, »awwer beruhig dich, die Bergstraß is net halb so deuer wie der Taunus, un mer krieht ääch was for sei Geld.« Un wie die Glocke am Pingstsonndag morjend ze läute aagefange hawwe, da hatte se schon lengst Frankfort im Ricke; un e halb Stunn speter sin se bereits in Zwingeberg ausgestiche.

»Jetzt odder vor alle Dinge e orndlich Friehstick,« hat der Herr Schlappe zu seiner bessere Hälft gesacht, »dann Esse un Trinke hält Leib un Seel zesamme, un mit drei derre Gwetsche im Sack mach ich kää Landbardie.«

»Des sollst de ääch net,« hat em sei Frää erwiddert, »ich habb merr for dich un mich Butterbredercher eigesteckt.«

»Was, Butterbredercher! Nää, lieb Bettche, heint is Pingste, heint werd orndlich gefriehstickt.«

Un die Frää Schlappe hat mit Entsetze den Entschluß von ihrm Mann geheert, dann wann se ääch gern selwer ebbes Gutes gesse hätt, so hat se sich's doch net gegennt, weil err des Geld zu viel war, un sie hat en dessentwege am Rockzippel gezoppt wie er in e Wertshaus eibige wollt un hat gesacht: »Nor net dahie, Fritz, da soll's ferchterlich deuer sei, des sieht merr schon von auße, e »Kron« is nor for Kaiser un König, awwer net for Berjerschleut.«

»Äämal gut gelebt denkt ähm lang,« hat der Herr Schlappe ärjerlich gesacht un is mit drei Sätz die Drepp zur Kron enuffgesprunge.

»Fritz, so bleib doch, da driwwe is ja noch e Wertscha – – da, jetzt is er schon drei!«

Der Fritz war odder net nor drei, sonnern stann ääch gleich von wege emme Friehstick mit dem Wert in Unnerhannlung: »Brenge Se merr e Flasch Auerbacher Rothe, un e Portion Schinke mit Butter un Brot.«

»Awwer Fritz, ich bitt dich um Gotteswille, des kost ja e Heidegeld. Herr Gasthalter, lasse Se den Wei un Schinke un brenge Se liewer zwää Gleser Milch un zwää Gleser Wasser.«

»Wie Sie wünschen.«

»Ich winsch odder kää Wasser un Milch!« hat der Herr Schlappe ärjerlich gerufe, »brenge Se merr was ich bestellt habb.«

»Mir e halb Glas Milch,« hat die Frää Schlappe vollstennig niddergeschlage gesacht, un ihr Nas is vor Aerjer so spitz warn wie e Nähnadel No. 0. »Du fängst gut aa, es is nor e Glick, daß ich mei Däschi mitgenomme habb, da kann ich wenigstens den Schinke, den de iwwrig leßt, eneiduh.«

Die Frää Schlappe hat odder ihr Rechnung ohne ihrm Mann sein Appetit gemacht, dann net nor, daß von dem Schinke nix iwwrig gebliwwe is, der Herr Schlappe hat ääch noch e Portion Schweizerkees verwischt, un die ganz Budell Wei allääns getrunke.

»Trinke merr noch ää, Bettche?«

»Was!« hat die Frää Schlappe mit emme unnerdrickte Schrei gerufe, »was, willst de dann uff den ehrschte Pingstfeiertag ähm en zwääte Insatz uff's Haus besorje? Gott, jetzt seh ich ehrscht ei, was es for e Glick is, daß merr kää Kinner hawwe, da hätt des Sparn e End. Ich begreif's iwwerhääbt net, wann de allää ausgehst, segst de immer, ich habb fast gar nix ausgewwe, un wie ich mitgeh, kann ich mich iwwer dei Verschwendung grie un gehl ärjern.«

»Meenst de vielleicht ich wollt bei erre Landpardie mein Mage uff e preißisch Dorfschulmäästerstell vorbereite? in dene Hose net.«

Un nachdem der Herr Schlappe bezahlt hat, wobei die Frää Schlappe finfmal dem Wert ze Gemiet gefiehrt hat, daß es sich nor um ää Flasch Wei, un nor um ää Portion Schinke un Kees hannele dhet, sin se widder aus der deuer »Kron« enaus, in Gottes freie Nadur, un hawwe die Richtung nach Auerbach eigeschlage.

Wie se odder in Auerbach aakomme sin, un wollte sich grad nach dem Weg zem Ferschtelager erkundige, da hawwe uff äämal mehr als zwanzig Stimme aus dem ehrschte Stock vom e Gasthaus erunnergerufe: »Gott verdoppel, der Schlappe mit seiner Frää! als eruff, merr sein lauter Frankforter hier.«

»Schon widder e Kron! da kann mer odder sei Doppelkrone los wern un sei Marksticker,« hat die Frää Schlappe ganz erschrocke gesacht un hat sich fest an ihrn Mann aageklammert: »Merr komme davo, merr komme davo, merr hawwe in Zwingeberg gefriehstickt!« hat se dann zem Gasthof enuffgerufe un abgewunke.

»Warum net gar,« hat der Herr Schlappe gesacht, »wer werd so erre freundliche Eiladung net Folge leiste, wann err Dorscht hat? Komm Bettche, merr wolle emal seh, was los is.«

»Der Bichel von deim Portmonee is los, bis heint Awend hast de nix mehr drei,« hat die Frää Schlappe lamentirt. »Guck nor emal da den Brunne mit dem scheene Wasser, des sogar von selbst lääft. Ach, un des Gebergswasser soll so gesund sei.«

»No, da laß derr drowe e Glas gewwe, ich trink e Budell Wei.«

Un noch uff der Drepp hat die Frää Schlappe ihr warnend Stimm ertene lasse, es hat awwer nix geholfe, dann an dem Dorscht scheitern alle Mäßigkeitspredige. Drowe in der Stubb odder war e bunt Gewiehl, Weiwercher un Mädercher hawwe dorchenanner gekichert un hawwe Gott un die Welt hochlewe lasse, un hawwe zwar nor an de Gleser genippt, odder so oft, daß se ääch net ze korz komme sin. Un wie die Frää Schlappe des Sodom un Gomorrha des Geldausgewwens geseh hat, da hat se ihrn Mann noch emal verzweiflungsvoll in die Rippe gestumbt un hat emm ins Ohr geraunt: »Fritz ich sag derr's, wann de merr soviel Geld ausgibst, gibt's den greßte Spektakel, merr kenne mit de annern trinke, die hätte ähm ja net eizelade brauche.«

»Kellner, e Budell Wei!« war die äänzig Antwort, die der unpraktische Gatte seiner sparsame Ehhälft gewwe hat.

Der Wei is komme un der Herr Schlappe hat sich, seiner Frää un seine Nachbarn eigeschenkt.

»Um Gotteswille, Fritz, du errst dich, des is ja net mei Glas, ich hab an ähm genug.« Da odder ihr Fritz dorchaus nix heern un noch weniger versteh wollt, so hat se sich ganz dicht zu emm ebeigerickt un hat emm in ähm fort ins Ohr geflistert: »Dhu doch langsam mit dem Wei, der kost Geld!«

Als odder alle Ermahnunge nix batte wollte, hat sich die Frää Schlappe die Sach annerschter iwwerlegt, un hat ehrscht ihr Glas ganz ausgetrunke un dann aus Verseh diejenige ihrer Nachbarn dreivertel. »So, jetzt bin ich meim Schadde widder bei,« hat se vergniegt vor sich hiegemormelt. »Geww acht, mer werd de annern die Gorjel schwenke.« – Diese Kriegslist hat odder enn iwwerraschende, doppelte Erfolg gehatt, dann net nor, daß err jetzt die ganz Gesellschaft zugetrunke un abwechselnd in ihr Glas eigeschenkt hat, ääch der Herr Schlappe is uffgedaut un hat, um sich ze revanchirn noch zwää weitere Budellje bestellt.

»Ei Fritzi, ich glääb du kriehst e Spitzi!« hat se uff äämal aagefange, »du werst solang die Gesellschaft regalirn, bis merr voll sin.« Un dann hat se gelacht, un die ganz Gesellschaft hat mitgelacht, un ihr Ääge hawwe gestrahlt wie wann die Sonn in e Pitsch scheint. »Ach Gott, es werd merr ganz dormlig.«

»Des kimmt davo, weil de noch nix gesse hast,« hat ihr Gatte besorgt bemerkt, »soll ich derr e Portion Brate mit Soos bestelle?«

»Ja, ich muß odder ehrscht wisse, was se kost: Herr Gasthalter, wie deuer is e Portion Brate mit Soos?

»E Mark!«

»E Mark, was kost dann da die Soos allääns?«

»Ach,« hat der Wert ganz freindlich gesacht, »die Soos, Madam, kost nix.«

»No, dann brenge Se merr e Portion Soos, un for drei Pfennig Brot, awwer net so wenig.«

»Awwer Bettche!« hat der Herr Schlappe leise zu err gesacht, »du blamirst ähm ja vor der ganze Gesellschaft.«

»So!« hat se erwiddert, »muß ich net widder eibrenge was du verdhust? Hahaha! der verdient am Wei genug.«

Un die Frää Schlappe hat sich ihr Soos gutschmecke lasse, un hat außer dem Brot noch drei Butterbredercher, die se aus ihrer Dasch geholt hat verwichst.

»Jetzt odder uff, meine Herrschafte!« hat ääner von der Gesellschaft aagefange, »e zwäästinnig Friehstick is grad lang genug, un bis merr uff's Auerbacher Schloß komme, da werd's Middag.«

»Daß de merr net mitgehst,« hat die Frää Schlappe ihrm Mann ins Ohr gebischbelt. »Es is merr noch immer ganz dormelig von vorhin dem Wei, da steht ääch noch e halb Flasch, ich muß mich ehrscht widder erhole.«

»No, dann bleiwe merr noch e bissi,« hat der Herr Schlappe gesacht un hat die Gesellschaft die Trepp enunner begläät.

Kaum war die odder der Dhier draus un der Trepp drunne, un die Frää Schlappe hat sich allääns im Saal geseh, da hat se schnell ihr Däschi uffgemacht un hat geräuschlos e Schoppebudellche un e Feldfläschi erausgezoge: »Eher en Darm versprengt, wie dem Wert was geschenkt,« hat se halblaut vor sich hiegebrummelt un hat ihr zwää Fläschercher mit de Weirester, aus de noch net ganz leere Budellje gefillt. Rote un weiße Wei, alles dorchenanner; nor ihr eige Flasch hat se net aageriehrt. Un wie se mit dere Beschäftigung ferdig war, hat se ihr zwää Fläschercher widder vorsichtig in ihr Dasch geschowe un hat mit emme triumphirende Blick zu sich selwer gesacht: »Widder e Mark fuffzig gespart, des gibbt merr die scheenst Weisoos.«

»No, is derr's jetzt besser?« hat der Herr Schlappe, wie er eruffkomme is, sei Frää gefragt.

»Ach ja, wann merr unser Budell ausgetrunke hawwe, gehn merr.«

Un der Herr Schlappe hat den Wert gerufe un hat sei Zech bezahlt, wobei sei Frää sich mehrmals erkundigt hat, ob mer dann den Wei net billiger krech, wann mer drei Flasche uff äämal nemme dhet. »Es gibt doch iwerall Sconto, wann mer Engroseikäuf mecht, un so e Bardie kost ähm grad genug.«

Un wie se schon uff der halwe Drepp gewese warn, is die Frää Schlappe noch emal umgewend un hat ihrm verbliffte Gemal, der err erschrocke gefolgt is, zugerufe: »Bleib nor, ich habb was vergesse.« Mit zwää Sätz war se dann widder im Saal un hat e Glas Wei, was iwwrig gebliwwe war, schnell gedappt un enunnergeschitt.

»Ei des is ja gar net unser Glas!« hat der Herr Schlappe gerufe un hat en feuerrothe Kopp krieht.

»Wahrhaftig! No des dhut nix, es is ja bezahlt!«

»Nemm merrsch net iwwel,« hat der Herr Schlappe gesacht, wie se die Kron e Stickelche im Ricke hatte, »mit deim Betrage sterzt de ähm awwer von ääner Verlegenheit in die anner.«

»Besser als wann ich dich in Unkoste sterze dhet. Mei Prinzip is, spar uff der Landbardie, dann hast de was wann de hääm kimmst.«

Da der Herr Schlappe gege die ökonomische Grundsätz seiner sparsame Ehhälft nix eizuwenne wußt, war er froh wie in der Fern die weiße Häuser vom Ferschtelager sichtbar sin warn un er dem Gesprech e anner Wendung gewwe konnt.

»Guckst de, Bettche, des is des Ferschtelager!«

»Ich seh awwer kää Better.«

»Better! – Die ganz Geschicht hääßt des Ferschtelager.«

»So, die ganz Geschicht – ach Gott, wie schee is es hier!«

»Net wahr, hier gefällt derr's?«

»Des glääw ich. Die Nadur stimmt mich immer ganz feierlich. Jeden Dag ging ich in die Promenad, Sonndags in Wald; ich habb ja die Zeit dazu. Wann nor die oosige Stiwwel net wern, awwer alle Schlag is e Paar caput, da vergeht ähm des Spazierngeh.«

Unner derartige sinnige Nadurbetrachtunge seitens der Frää Schlappe hawwe se den Weg berguff, bergab nach Scheneberg eigeschlage.

»Wääßt de was, Bettche, es is bald Zeit zem Middagesse, un wann merr uns net e bissi eile, komme merr drum, merr misse schneller geh.«

»Im Gegedhäl, da werscht de nor dorschtiger un hungriger.«

»Ja, ich krieh oder ääch eher was in Mage.«

»Wann ich derr rate soll, lagern merr uns e bissi abseits vom Weg ins Griene un sehn zu, ob kää Quell mit frisch Wasser in der Neh is, ich habb noch finf Butterbredercher bei merr un e Stick Zung von der vorige Woch, die net ze Grund geh derf.«

»Immer mit deine Quelle, de bist ja die rein Wasserleitung.«

»Ach, un dann bin ich ääch so mied, daß ich net mehr vom Platz kann.«

»Ich seh schon, ich muß derr widder nachgewwe,« hat der Herr Schlappe in Voraussicht der steigende Miedigkeit seiner Frää erwiddert, »awwer net lenger wie zehe Minute, dann mich brengt der Dorscht um.« Die Frää Schlappe hat odder piffig gelächelt iwwer den Triumph des iwwerwundenen Middagessens, un is wie e Reh dorch's Gebisch gehippt, un hat den Weg zu me Ruheplätzi gebahnt: »Hier is gut sei, da laß uns Hitte baue!« hat se alsbald gerufe, un hat uff so e lauschig Plätzi gedeut, wie sich e Liebespärche nor ääns winsche kann. »No, is es hier net schee?«

»Ja, odder mein Dorscht, mein Dorscht! Du wäääßt gar net Bettche, was der Dorscht for die Männer so schädlich is.«

»Jetzt setz dich nor ehrscht emal, dann will ich all dene Leide abhelfe.«

Nachdem sich des Schlappsche Ehepaar glicklich niddergelasse hatt, hat die Frää Schlappe ihr Dasch uffgemacht un hat mit stolzem Selbstgefalle finf Butterbredercher un zwää Fläschercher erausgeholt. »Siehst de Fritz, was de for e sparsam Hausfrää hast, den Wei wollt ich eigentlich mit hääm nemme, weil de odder so dorschtig bist, will ich derr schon jetzt e Fläschi spendirn.«

»Wo hast de dann den her?«

»Ei aus der Kron, wie de drunne warst, habb ich merrn komme lasse.« Der Herr Schlappe hat odder doch mißtrauisch die Flasch gege des Licht gehalte un hat kopfschittelnd bemerkt: »Der hat awwer e eigentimlich Couleur; wann mich der Dorscht net so quele dhet, kennst de dein Rachebutzer selwer trinke.« Un der Dorscht mußt en werklich sehr zusetze, dann er hat en gewaltige Zug genomme, den er jedoch pletzlich widder mit dem Ausruf unnerbroche hat: »Pfui Deiwel! mer meent da wer Wachholler drunner.«

»Wann de was an dem Wei auszesetze hast, bist de ääch net dorschtig, der is aus der Kron un net von schlechte Eltern.«

»No, dann muß es dorch mein Brand komme, daß err merr so schmeckt.« Un der Herr Schlappe hat mit wahrer Dodesverachtung noch emal aagesetzt un hat getrunke, un hat den Kopp geschittelt un hat doch widder getrunke, wobei er sich den Schweiß von der Stern gewischt hat. »Bettche, der reißt merr den Hals uff; – ich wollt, ich hätt e Glas Wasser.«

»Des kimmt vom Stääb, der muß enunnergespielt wern, trink nor, ich habb noch e Budellche.«

Un der Herr Schlappe hat getrunke, un je mehr er um Wasser lamentirt hat, desto mehr hat em sei Frää den Wei empfohle.

»Ach Bettche«, hat er uff äämal aagefange, »ach Bettche, was werd merr's so schlecht.«

»Ei Fritz, de wersht merr doch kää Sache mache un krank wern, des wern merr scheene Geschichte, da kennt mer bald um sei paar Kreuzer komme.«

»Ach lieb Bettche, was haww ich for Leibweh, ich meen mei letzt Stinnche stinn merr bevor.«

»Awwer Fritz!« hat die Frää Schlappe besorgt gerufe, »awwer Fritzi, was is derr dann? de wersht ja dodeblaß un der Schweiß lääft derr die Stern erunner.«

»Guck nor die Bääm, die lääfe ja all dorchenanner. Ach Bettche, ach Bettche! Gelle, wann ich sterb, leßt de mich net im Wald begrawe? hier is es gar so einsam, da fercht ich mich.«

»Awwer Fritz, was denkst de dann!« hat die Frää Schlappe verzweiflungsvoll gerufe un hat ze flenne aagefange, »im offne Wage, wann de's hawwe willst, des derf ähm schon was koste, des kimmt ja nor äämal vor. Ach, wern merr doch derrhääm gebliwwe; ach, wern merr doch derrhääm gebliwwe!«

»Schell emal, da newe muß e Dokter wohne.«

»Du bist err, hie gibt's kää Dokter.«

»Ausredde, du willst nor nix bezahle.«

»Ääch noch Vorwerf hier im Wald, von Mensch un Vieh verlasse!« hat die Frää Schlappe geflennt.

Da odder beim Herr Schlappe gar kää Besserung eingetrete is, im Gegedhäl, dessen Zustann sich von Äägeblick zu Äägeblick verschlimmert hat, so sin der Frää Schlappe allerhand ferchterliche Gedanke uffgestiche. Sollt's mit dem Wei werklich net ganz richdig gewese sei – – Un sie hat engstlich an de Flasche geroche, un es is err selwer vorkomme, als wann des kää eigentlicher Weigeruch wer. Un es is err eisig kalt iwwern Buckel gelääfe, un es war err als wann uff alle Bääm die Vegel rufe dhete: Gattemörderin! Gattemörderin! »Ach du liewer Gott! ach du liewer Gott!« hat se lametirt, »wann's em nor nix schadd, wann's em nor nix schadd! – Lieb goldig Fritzi, is derr's dann noch net besser?« Des Fritzi hat odder kää Antwort gewwe, sonnern hat sich uff die Seit gekrimmt un hat geschnarcht wie e Nachtwächter am Dag.

»Fritzi, is derr's besser?«

Kää Antwort.

»Goldig Fritzi, is derr's noch net besser?«

Widder kää Antwort.

Jetzt is odder der Frää Schlappe die Verzweiflung komme, un sie is uffgefahrn un hat gekrische: »Da muß e Dokter ebei, un wann ich bis nach Frankfort lääfe mißt!«

Un sie hat ihrn Schahl umgeworfe un wollt ewe fortsterze un Hilf hole, wie's err uff äämal schwer uff's Gemiet gefalle is, daß se hier gar kään Bescheid wißt. »Ach du liewer Gott!« hat se aagefange ze jammern, »hier in der Wildniß mit emme dodsterwenskranke Mann allääns, e schwach Frää, de wilde Diern un de Elemente preisgewwe. Ach, wann ich doch nor wenigstens Mensche seh dhet, so verlasse war ja noch kääns uff erre Landbardie!« Un sie is sich mit de Henn nach ihrer Frisur gefahrn, un hätt sich ääch ganz gewiß enn Bindel Haarn ausgerisse, wann die Zepp net so deuer wern un wann e dieser Seufzer von ihrm Fritz err net widder die Sorje um ihrn Gatte uff's Herz gewälzt hätt.

»Ich will prowirn ob ich kää Mensche finn die merr in meiner Not beisteh, for die Nechstelieb kann merr ja kääns e Rechnung mache.« Un die Frää Schlappe hat sich zärtlich iwwer ihr schnarchend Ehhälft gebeugt un hat se gekißt, un is mit emme zärtliche Lewewohl fortgesterzt dorch des Gebisch, bis se den Fußpad, den se komme warn, widder gefunne hat. »Die Stell muß ich merr merke, sonst finn ich mein Fritz am Enn net mehr widder, – odder wie?« hat se uff äämal nachdenkend gesacht: »Mach ich e Zeiche in den Sand so verweht merr's der Wind, leg ich en Ast uff den Weg, wer wääß ob er noch daleiht, wann ich widder komm, – hm! ich muß grad mei Sackduch an en Bääm binne, odder so, daß es Kääner sieht, dann sonst kann merr's gestohle wern.« Un sie hat ihr Sackduch so an en Bääm gebunne, daß es außer ihr so leicht kää Mensch geseh hätt, un is dann, so schnell se lääfe konnt der vermeintliche Richtung nach Auerbach zugelääfe. Wie se odder ääch gesprunge is, un wie se in den Wald eneigekrische hat: »Sin kää Mensche in der Neh!« es hat err doch nix geantwort wie e Guckguck, der err jedesmal sei »Guckguck,« »Guckguck!« zugerufe hat. »Halt's Maul ääfältiger Vogel!« hat se ärjerlich gesacht. »Ich muß mich rein vererrt hawwe, dann sonst mißt ich schon längst widder am Ferschtelager sei. Sin kää Mensche in der Neh! Hohohi! Hohohi!«

»Guckguck!« »Guckguck!«

»Jetzt sitz ich schee in der Batsch! Du liewer Gott, wann ich die Nacht im Wald bleiwe mißt, ich dhet ja rein vor Angst verzwatschele.«

Un die Frää Schlappe hat sich hie- un herbesonne was in ihrer kritische Lag ze dhu weer, un da sin err uff äämal dem Gerstäcker sei Indianergeschichte eigefalle, un sie hat gedacht, was die Indianer kenne, kann ich ääch. Korz entschlosse, hat se sich dann platt uff die Erd geworfe un hat gelurt, ob se kää Menschetritt vernemme dhet. – Tiefe Stille. Uff äämal odder war's err, als wann se e Stimm iwwer sich heern dhet, die sage dhet: »Fehlt Ihne was, Frääche?« Un wie se die Ääge uffgeschlage hat, da hawwe zwää junge Leut mit rote Kappe, griene Reck und noch grienere Bodanisierbichse newer err gestanne un hawwe se mitleidig betracht; un der ääne hat se gefragt, ob er err enn Bittern aabiete derft.

»Enn Bittern!« hat die Frää Schlappe gerufe un is wie e Hersch in die Heh gesprunge, »enn Bittern, vielleicht speter, jetzt awwer haww ich bitteres genug. Denke Se nor, ich habb mich vererrt in dere Wildnis un mei Mann leiht im Gebisch.«

»Mit emme Fremde?« hat der annere gefragt.

»Nää, ganz allääns.«

»Ich meen, ob er e bissi zu viel gehowe hat.«

»Des kimmt bei mein Mann net vor,« hat die Frää Schlappe beleidigt erwiddert. »Der arme Schelm is krank un kann jeden Äägeblick sein Geist uffgewwe. So e Unglick – mei ganz Gardrob weer hie, wann er sterwe dhet, dann bis die Trauerzeit erum is, hat mer e anner Mode.«

»Des is freilich sehr schmerzlich,« hat der ääne Bodanisierbichserne gesacht un hat sei Lache verbisse.

»Sehr, sehr, un was ähm die Geschicht e Geld kost. Es hat en odder ääch grad so aagefalle.«

»Aagefalle!« hawwe die zwää dappere Toriste zu gleicher Zeit erschrocke gerufe un sin dicht hinner die Frää Schlappe getrete, wobei se sich mißtrauisch nach alle Seite umgeguckt hawwe. »Aagefalle am helllichtige Dag, von Räuwer?«

»Ach nää, vom Magekramm Er redd ganz err, un krimmt sich, un krimmt sich, sag ich Ihne, wie e – wie – –«

»E Worm.«

»Nää, wie zwää Werm – es is net zem aaseh.«

Un die zwää Bodanisierbichserne hawwe sich verlege enanner aageguckt un der ääne hat dem annern leise in's Ohr gebischbelt: »Des dhet merr grad basse, statt uff's Felsemeer ze geh, Krankepflegerches zu spiele.«

»Meenst de mir?« hat der annere ewe so leis erwiddert, »komm, merr dricke uns.« Un dadruff hawwe sich die zwää Rotkappe wie uff Kommando erumgedreht un hawwe gesacht: »Viel Besserung, Adschee.«

»Ei, wo wolle Se dann hie!« hat die Frää Schlappe mit Entsetze gerufe un hat den ääne Felsemeerschiffer an seim Rockzippel gedappt un festgehalte: »Sie wern e vererrt Frää doch net im Wald allääns lasse.«

»Merr kenne Ihrm Mann ja doch net helfe, merr sin noch kää Dokter.«

»Des gläw ich, awwer Sie kenne merr den Weg nach dem Ferschtelager zeige, dann finn ich mich von selbst zerecht.«

»Nach dem Ferschtelager – des is annerthalb Stunn,« hat der ääne junge Mann gesacht un hat sich mißmutig hinner de Ohrn gekratzt.

»Annerthalb Stunn! so haww ich mich verlääfe – da gehn e Paar Sohle druff!«

Un die zwää junge Leut hawwe widder ganz leise mit enanner beratschlagt un dann hat der ääne laut gesacht: »No gut, merr wolle e Stick mit Ihne geh un Ihne den Weg verdeutsche.«

Die Gesellschaft is dann berguff un bergab gewannert, bis zu erre Aahöh, wo der ääne Bodanisierbichserne steh gebliwwe is un uff e Bäämgrupp in der Entfernung gedeut hat: »Sehn Se da driwwe die Berkebääm? Die Schneiß dort fiehrt schnurgrad uff's Ferschtelager, Sie kenne gar net err geh.«

»Ich danke Ihne vielmals,« hat die Frää Schlappe erleichtert erwiddert un is, so schnell's err ihr miede Bää erlääbt hawwe, in der bezeichnete Richtung vorwärts marschiert, während die zwää Felsemeersegler den umgekehrte Corsch eingeschlage hawwe.

Wie se odder endlich die weiße Häuser vom Ferschtelager erreicht hat, da is se ganz erscheppt steh gebliwwe un hat ää iwwer des annermal geseufzt: »Mei Fieß, mei Fieß, un die verwinschte Leichderner! Soll ich jetzt,« hat se dann, sich besinnend derrzugesetzt, »ehrscht noch emal nach meim Mann gucke, odder bis Auerbach lääfe un enn Dokter hole. – E Dokter kost Geld un vielleicht hat mern gar net netig – wann em odder was zugestoße weer – wann er am Enn gar – – –« Sie hat odder net gewagt, den Gedanke auszudenke, dann es is err vorkomme, als wann die zwää Budellerche in der Luft erumdanze dhete un alle Vegel uff de Bääm dhete widder peife: »Gattemörderin, Gattemörderin!« un des Echo dhet's in ääner Tour widderhole. »Nää, nää!« hat se gerufe, »ich muß ehrscht seh, was er mecht.«

Un sie is mit ihre wunde Fieß zerickgeschnappt un hat geseufzt un hat gestehnt: »Ich mecht nor emal wisse, for was die Berg da sin, doch blos, daß mer uff der ääne Seit enuff un uff der annere widder enunner lääfe muß.«

Je mehr sich odder der Weg gezoge hat, desto greßer is ihr Sorg um den geliebte Gatte warn, un wie se endlich still gestanne und sich nach ihrm Lagerplätzi umgeguckt hat, da is err ehrscht eigefalle, daß grad ihrm Sackduch gegeniwwer e umgesterzt Tann gelege hatt, un daß se da schon längst draa vorbei war. »Noch emol verlääfe; also widder zerick, ach, ich spiern ja mei Glidder kaum mehr.«

Un sie hat korzer Hand Kehrt gemacht un war dann ääch so glicklich, nach finfstinniger Abwesenheit die umgesterzt Tann un des aagebunnene Sackduch widder zu erreiche.

»Hier is es!« hat se vergniegt gesacht un hat ihr Sackduch von seim Wahrzeichedienst abgelest. »Merr sieht doch, daß es noch ehrliche Leut gibt, wo kää hiekomme. Fritzi, wo bist de?« hat se dann im liewende Ton gerufe. »Ach Gott, er heert noch immer nix – wann er nor net dod is!« Un mit von Angst befliegelte Spring is se der Spur dorchs Gebisch gefolgt, un stann schon nach wenige Minute an dem Plätzi, wo se ihrn dodsterwenskranke Mann verlasse hat. »Des is unser Platz, da liche ja noch die Fläschercher. Fritz, wo bist de? Fritz, wo bist de?!«

Dodestille.

»Awwer Fritzi, mach doch kää dumm Zeug un versteckel dich. Fritz! Fritz! – Ach du liewer Gott, er werd doch net gestorwe sei un es werd en ääner begrawe hawwe. Fritz! Fritzi! heerst de dann gar nix? Fri–itz!« –

Dodestille.

»Des sin ääfällige Strääch, ähm so abzeängstige. Fritz! Fritz! – Ich verbitt merr die Dummheite; in unsere Jahrn spielt mer net mehr Versteckelches. – Fritz! ich geh wääß Gott fort.«

Dodestille.

Wie vernicht is odder jetzt die Frää Schlappe ins Gras gesunke un hat ze flenne aagefange: »Wo mag mei armer Mann sei! Entweder hawwen mitleidige Mensche gefunne und hawwen, Gott wääß wohie in's Spidal gebracht, odder er hat sich widder erholt und mecht ohne mich sei Pingstbardie.« Un die arm Frää hat noch emal aagefange, sämtliche Bisch un Sträucher in der Nachbarschaft abzesuche, un hat die derre Blätter erumgewendt un hat geguckt, ob er net drunner liche dhet. Un wie des alles zu kääm Resuldat gefiehrt hat, da hat se in ihre enge Reck versucht uff die Bääm zu klettern, um enn greßere Kreis iwwerseh ze kenne, is awwer net weiter als bis zu emme ferchterliche Loch, des se sich in ihr gut Klääd gerisse hat, komme. »Wann ich doch nor wenigstens wißt, wo ich enn suche sollt, in Scheneberg odder in Auerbach,« hat se gejammert un hat schließlich die Knepp von ihrer Tallje um Rat gefragt un hat zu zehle aagefange: »Auerbach, Scheneberg, – Auerbach, Scheneberg, – Auerbach!« Finf Knepp warn's – also widder zerick nach Auerbach.

Die Nadur verlangt odder ihr Recht un protestirt erfolgreich gege alle Sparsamkeitsricksichte, un so hat dann ääch die Frää Schlappe, außer ihrer ferchderliche Miedigkeit uff äämal enn Hunger verspiert, von dessen Majestät sie noch gar kää Ahnung gehabbt hat.

»Ich dhet ja wääß Gott an der Dafel esse, so hungerig bin ich,« hat se gähnend gesacht un is uff ihrm Rickzug nach Auerbach steh gebliwwe. »Es werd merr orndlich schlecht.« Un sie hat mechanisch in ihrn Sack gegriffe, um ihr Portmonee erauszehole, hat odder wie von erre Natter gestoche, die Hand eilig widder zerickgezoge. »Mei Portmonee, mei Portmonee! jetzt haww ich ja mei Portmonee extra derrhääm gelasse, damit's net so viel Geld koste sollt, un mei Mann hat die Eisebahbilljetter im Sack. Was fang ich nor aa, was fang ich nor aa!«

Un die Frää Schlappe war wie gelähmt, kaum daß se mehr vom Platz konnt, so sehr war err die entsetzlich Wahrnehmung in die Knoche gefahrn. »Ach die verwinscht Sparsamkeit!« hat se zum ehrschtemal in ihrm Lewe ausgerufe, »jetzt kann ich merr noch net emal enn Handkes kääfe, un wie ich nach Frankfort komm, des wisse die Getter. Ach, weer ich doch nor bei meim Fritz gebliwwe, e doder Mann is ja immer noch besser als gar kääner.«

Un nachdem die Frää Schlappe ihrm gepreßte Gemiet Luft gemacht hat, is se uff gut Glick weiter nach Auerbach zugeschwankt, in der frohe Hoffnung, sie kennt vielleicht uff dem Weg dorthie, odder in der Kron, wo se den Morjend noch so vergniegt beim Wei gesesse hatte, erjend enn Bekannte aus Frankfort treffe, dem se ihr Leid mitdheile kennt.

Un werklich, wie se die Kron erreicht hat, sin err aus dem ehrschte Stock die bekannte Kläng des Bitternmarsch's entgegegeklunge, un sie is der Trepp mehr enuffgefloge wie gange, un is bis dicht an die Saaldhier getrete un hat enn verstohlene Blick eneigeworfe.

»Gott sei Dank! – lauter Frankforter – die ganz Gesellschaft von heint morjend. Still, ewe will ääner e Redd redde.«

Die Frää Schlappe hat die bääde Ohrn gespitzt und hat dann deutlich vernomme, wie drinn im Saal ääner gesacht hat: »Meine Dame un Herrn! da die Toaste da sin, um des Drinke zu entschuldige, so schlag ich vor, erre abwesende Soosekeenigin, der Frää Geizkrage Schlappe, die de annern Leut ihrn Wei drinkt un sogar e Vertelfläschi Wachholler verschwinne läßt, dieser personifizirte Sparbichs, e donnernd Hoch ze bringe. Die Soosekeenigin, sie lewe hoch! hoch! un awermals hoch!«

Wer odder glääbt, daß die Frää Schlappe jetzt noch hinner der Dhier gestanne hätt, der hätt sich sehr geerrt. Fort war se gesterzt, wie von eme beese Geist verfolgt. Un alle Leut die err begegend sin kame er vor als wann se uff se deute, un sich enanner in die Ohrn flistern dhete: Des is die Frää Soosekeenigin Schlappe, die ihrn Mann im Wald mit Wachhollerschnaps vergifte wollt. »Wie hat mich dann nor der Deiwel geritte, in die Bergstraß ze geh!« hat se ää iwwer des annere Mal ausgerufe.

Die letzte Häuser von Auerbach warn längst hinner err, wie err ehrscht eigefalle is, daß se ja ganz zweck- und planlos in der Welt erumlääfe dhet, un sie is deshalb uff enn biedere Landbewohner zugange un hat gesacht: »Sage Se emal Mann, wo lääf ich dann hier hie?«

»Grodaus.«

»Ach was, wo ich hiekomm?«

»An die proteschtantisch Kerch.«

»Sie verstehn mich net, geht der Weg nach Frankfort?«

»Naa!« hat der biedere Landbewohner gesacht, hat mit seim dicke Kopp geschittelt un mit seine blieteweiße Zäh fester uff sei Tuwakspeif gebisse.

»Odder komm ich dort enaus nach Heidelberg, odder nach Mannheim?«

»Naa!«

»Awwer, so sage se merr doch, bester Mann, wo ich hiekomm?«

»Nach Benschem.«

»Noch weit?«

»Des kimmt druff aa, wie marsch gieht.«

»Aus dem is nix erauszebrenge«, hat die Frää Schlappe ärjerlich gebrummt un hat, ohne sich weiter zu bedanke, den Weg nach Bensheim fortgesetzt. Bensheim, – des Wort hat enn eigendimliche Klang for se gehabbt. »Bensheim, ewe wääß ich's!« hat se uff äämol vergniegt gerufe; von dorther war ja mei Dienstmädche, die dick Marie, der ich gekindigt habb, weil se so enn gottsträfliche Appetit gehabbt hat, un die draa Schuld is, daß ich merr nie mehr e anners genomme habb. Was werd die sich freue, wann se mich widder sieht! Es is nor gut, daß merr die eigefalle is, da wern ich uff jeden Fall regalirt, un es kost nix, un des Geld for die Häämfahrt kann ich merr ääch dort ungenirt bumbe. Ach, es war immer so e gut Mädche, die Marie, wann se nor net so ferchderlich hätt esse kenne.«

Neue Hoffnung beseelte die Frää Schlappe un befliegelte ihr miede Bää. In eme Vertelstinnche war Bensheim erreicht, un in weitere zehe Minute des Haus von der dicke Marie, die so viel esse konnt, erfragt un gefunne. Triumphirend, endlich von ihrm Mißgeschick erlest zu wern, is se zwää Hinkeldreppe enuffgekrawwelt un hat an erre Dhier mit eme ferchderliche Vorhangschloß gekloppt: »Marie, dei frieher Madam aus Frankfort is da!«

»Wer kreischt un kloppt dann so da owe?« hat von unne e stääalt Frää mit erre heisere Stimm enuffgerufe. »E armer Reisender kloppt ehrscht gleicher Erd aa.«

»Ich bin ja kää armer Reisender, ich bin ja die Frää Schlappe aus Frankfort un will nor mei frieher Dienstmädche besuche.«

»Es is niemand derrhääm!« hats von unne unwirsch eruffgeklunge.

»Niemand – derrhääm! Ei, wo is se dann?« hat die Frää Schlappe niddergeschlage gefragt un is rickwärts die Hinkeldrepp widder erunnergestiche. »Sie kimmt doch hoffentlich bald hääm?«

»Des glääw ich net,« hat die alt Frää gesacht un hat dorch ihr groß Hornbrill neugierig die aahänglich Madam aus Frankfort betracht.

»Des glääw ich net, die is mit ihrm Mann nach Frankfort in zoologische Gaarte.«

»Nach Frankfort! Hawwe Se net e Glas Wasser? des Dreppesteihe hat mich ganz dormelig gemacht.«

»Ach ja, enn ganze Zuwwer voll. Mir sin hier in der Stadt net so wie die uff dem Land, die sich alles bezahle lasse,« hat die alt Frää mit eme stolze städtische Bewußtsei gesacht un hat der Frää Schlappe en blecherne Henkelbecher voll Wasser hiegehalte. »Ja, die Marie is mit ihrm Mann nach Frankfort, in Zoologische; ich glääb odder net, daß se dort ihr frieher Madam besucht, dann von dere hat se immer gesacht, daß se so geizig wer, daß se de Metzjer die Worschthaut zem widderfille hätt schicke wolle, wann se nor des Filsel berechne dhete. Ach, un e Oos wer's, hat die Marie gesacht; verrzeh Däg wer se bei err gewese un achtunzwanzig Pund hätt se abgenomme. Komme Se doch erei, Madamche, ich kann Ihne Geschichte von der Marie un ihrer sauwere Madam verzehle, da stehn Ihne die Haarn zu Berg.«

Die Frää Schlappe hat odder von der freundliche Eiladung kään Gebrauch gemacht, sonnern alle weitere Unnerhaltunge mit de Worte abgeschnitte: »Ich habb gar kää Zeit, lieb Frää, sage Se der Marie, ihr Madam wer dagewese, awwer net die, von der Se da geredd hawwe, e ganz anner. Adschee!«

Da's der Frää Schlappe net nor bedenklich im Mage gebollert hat, sonnern ääch alles mit err erumzegeh schien, so hat se sich bei ihrer neue Wannerung meglichst dicht an de Häuser gehalte. Un sie hat dabei net iwwer sich geguckt un deshalb e verrost alt Wetterfahn, die jetzt als Firmaschild newer emme Barderrfenster neugierig in die Gaß eneigeragt hat, ehrscht bemerkt, wie se mit dem Kopp dawidder gestumbt un mit Hut un Zopp draa hengge gebliwwe is. »Da! jetzt hat mei neuer Hut ääch die Krenk un mei Frisur is de Katze!« hat se in ähm Gift gerufe un hat sich uff die Fußspitze gestellt um mit vieler Mieh die Zierden ihres Hauptes widder freizemache. Nachdem err des gelunge war, hat se odder enn grimmige Blick uff des boshafte Schild geworfe un hat mit freudiger Iwwerraschung gelese: Geld auf Alles bei Jacob Leo Dalles.

Un ohne sich lang ze besinne, is se ganz dreist, den Zopp in der ääne un den Hut in der annere Hand, in die klää Creditbank eigetrete.

»Zepp wern nicht genomme!« hat err e aagefressener Kerl, dem mer uff erre Vertelstunn Wegs aageseh hat, daß er die Arweit for gesundheitsschädlich hielt, un der mit seine rotumrahmte Glotzääge in des Strafgesetzbuch als Feierdagsaadacht gesturt hat, entgegegerufe.

»Ach was,« hat die Frää Schlappe ärjerlich erwiddert, »der Zopp is merr an Ihrer verwinschte Luftmäusfall hengge gebliwwe. Ich werr doch net mei Haar versetze un als Hahlgans häämgeh. Uff mei Ohrring will ich was hawwe, die Stää sin echt. Ich habb die Ohrring nor Sonndags getrage, damit se net abgenitzt wern. Warte Se, ich zieh se aus.«

»Komme Se her, ich will Ihne helfe.«

Un er hat der Frää Schlappe die Ohrring ausgezoge un hat se in der Hand gewoge un hat mit habgierige Kennerblicke gefragt: »No, was solle die Dinger dann wert sei?«

»Ich will se net verkääfe, die sin ja von meim Fritz – die Not zwingt mich – –«

»Nor net lamedirn!« hat der menschefreundliche Geld-uff-Alles-Mann ärjerlich gesacht, »Sie wern noch mehr wie äämal e paar lumbige Ohrring von Ihre Bekanntschafte geschenkt kriehe.«

»Was!« hat die Frää Schlappe empeert gerufe. »Erläwe Se, die Ohrring sin von meim Mann.«

»Nadirlich vom e Mann, was gehts mich aa. Zwää Mark will ich Ihne uff verzeh Däg druff gewwe, un verzig Pfennig Zinse mechts – soll ich die gleich abziehe?«

»Des sin ja beinah finfhunnert Prozent!« hat die Frää Schlappe gesacht un is ganz blaß warn.

»Kenne Sie des ausrechne? Des brächt ich net ferdig.«

»Zwää Mark kenne merr nix batte, ich muß wenigstens drei hawwe.«

»Da gewwe Se noch Ihr Medalljo dazu.«

»Ei, Sie dhete mich for drei Mark ganz ausziehe.«

»Des is unser Geschäft, davo lewe merr.«

Wohl odder iwwel, die Frää Schlappe hat noch des Medalljo mit der Potografie von ihrm Fritz hergewwe un verspreche misse, for verzeh Däg sechszig Pfennig Zinse ze bezahle; un mußt froh sei, daß err der edle Vor- un Rickkäufer net gleich die Zinse abgezoge hat, wodorchs kaum mehr for e Eisebahbilljet gelangt hätt. Trotzdem is se mit ihrm Loos zefridde dem Bahnhof zugeschwankt, dann des Bewußtsei, drei Mark im Sack ze hawwe, die's err ermegliche konnte, net nor häämzefahrn, sonnern, was noch netiger war, was ze esse, hat se neu belebt.

Unmittelbar am Bahnhof war e Wertschaft, bei deren Aablick der Frää Schlappe des Herz vollens vor Vergniege uffgange is.

»Endlich e Nahrungsquell! Sowas lernt mer schätze, wann mer seit zehe Stunn nix gefriehstickt hat. Wann ich net so mied weer, daß merr fast der Appedit verging, kennt ich heint e Vorstellung im Esse gewwe,« hat se gesacht un is direkt in den Gaarte enei un uff e Bank zugehumpelt. »Kellner, wann geht der letzte Zug nach Frankfort?«

Un der mit Kellner aageredde klääne Borzel is neher komme un hat gesacht: »In erre gute halwe Stunn, winsche Se vielleicht e Glas Bier?«

»Gewiß, un was ze esse, was Warmes ze esse. Was gibt's dann zu esse?«

»Ich muß ehrscht emal frage ob noch was da is.«

»No dann frag, odder schnell, e halb Stinnche is gleich erum,« hat die Frää Schlappe gedrängt un hat ihrn Zopp, den se die ganz Zeit iwwer in der Hand getrage hat, zwische die Zäh genomme un hat enn widder glatt gestriche un neu geflochte, un dann hat's enn wie e Ringelnatter geformt, mit e paar Haarnadele an ihrer eigene Barick befestigt; wie se dann noch ihrn Hut uffgesetzt hat, war se mindestens annerthalb Kopp greßer als zuvor.

»Wo is dann die Madam hiekomme, die des Bier bestellt hat?« hat der klääne Kellnerjung gefragt, wie er widder in den Gaarte zerickkomme is.

»Ei, des bin ja ich – gebs nor her.«

»Sie? No dann sin Se awwer schnell gewachse; wollte Se net ääch was Warmes ze esse?«

»Freilich, was gibt's dann?«

»Saure Rindsbrate, er muß awwer ehrscht warm gemacht wern.«

»Rindsbrate – was kost dann die Portion?« hat die Frää Schlappe ängstlich gefragt, dann mit ihre drei Mark konnt se kää große Spring mache, wann se ihr Billjet noch bezahle wollt.

»Da muß ich ehrscht frage,« hat der klääne Nixwisser gesacht un is widder fortgehippt.

»Vor lauter frage krieh ich nix in Mage!« hat die Frää Schlappe ärjerlich gerufe. »Ach, du liewer Gott, was dhun merr mei Hiehnerääge uff äämal so weh, un mei Seit, ich bin ja wie gerädert. – Wann ich nor wenigstens wißt, wo mei Mann wer. Wie ich nach Frankfort komm, zeig ich's gleich aa, die solle Plakate in den Wald an die Bäum aaschlage lasse, des werd des sicherste Mittel sei, um enn widder ze finne. Au! mei Fieß, mei Fieß!«

»E Mark kost die Portion,« hat der klääne Kellner gesacht, wie er widder zerick gehippt is komme.

»E Mark, des is ja sindedheuer! geht dann da nix erunner?«

»Da muß ich ehrscht frage.«

»Nää, bleib da!« hat die Frää Schlappe eilig gerufe un hat enn am Kittel festgehalte, »gibt's dann kää halwe Portione?«

»Ich frag!« hat der oosige Kellner gesacht un hat sich losgerisse.

»Der leßt mich rein verhungern, mit seiner Fragerei,« hat die Frää Schlappe gestehnt.

So arg war's odder net, dann der aagehende Kellner is gleich widder komme un hat verkindigt, daß es uff Feierdäg kää halwe Portione gewwe dhet.

»No, dann breng e ganz, awwer eil dich.«

»Da muß ich ehrscht frage, ob merr die hawwe.«

»Was willst de schon widder frage?«

»Ob merr Gans hawwe.«

»Wer redd dann von Gans? Ich will e Portion Rindsbrate, awwer schnell, dann ich muß uff die Bahn.«

Un die Frää Schlappe hat gewaart un gewaart, bis endlich der ersehnte Brate im gliehend häääße Zustand aakomme is.

Wie se odder ewe den ehrschte Muffel zem Mund fiehrn wollt, hat's uff der Bahn aagefange zu bimbele.

»Da! jetzt kimmt der Zug. Ach, hätt ich merr doch was Kaltes gewwe lasse, jetzt muß ich ääch noch des Esse im Stich lasse un ich habb's so deuer bezahlt. Au mei Fieß, au mei Fieß!« hat se dann verzweiflungsvoll gerufe un is uff den Stuhl zerickgefalle. »Ach, was Schmerze! Käm doch nor der klääne Kellner un dhet mich fiehrn, ich kann ja wääß Gott kään Schritt mehr mache.«

Der klääne Kellner is dann ääch werklich als rettender Engel komme un hat gesacht, daß der Zug ehrscht in finf Minute abging.

»Da is ja die allerhechst Zeit, komm, fiehr mich eniwwer, ich kann derr ja kään Schritt mehr mache.«

»Da muß ich ehrscht – – –«

»Nää, nää, nää! da werds ze spet!« hat die Frää Schlappe gerufe un hat sich fest an dem arme Biebche sein Arm geklammert. Un unner unsäglichem Ach un Weh hat se endlich glicklich den Bahnhof erreicht, grad wie der Zug aagebraust is komme.

»E Billjet nach Frankfort, dritter Klass'; was kost's?«

»E Mark un dreiunsiebzig Pfennig!«

»Allmächtiger Gott, da fehlt merr ja e Pfennig!«

»Dann hole Se sich ään!« hat der Billjeteur trocke gesagt. »Als vorwärts, die Leut wolle befördert wern, gleich werd der Schalter geschlosse.«

»Awwer Herr Billjeteur, ään Pfennig! Liewer klääner Kellner, kenne Se merr net enn Pfennig lehne? Ich schick en Ihne mit der Post frankirt widder.«

»Da muß ich ehrscht frage,« hat der Herr Gasthalter in spe gerufe un is so schnell wie er gekennt hat, häämgelääfe.

»Vorwärts!« hawwe die Leut von hinne gedrängt.

»Ei, was stehn Se dann da, wann Se net mitfahrn wolle!« hat e dicker Graukopp gekrische un hat die Frää Schlappe mit seim Elleboge hechst unsanft aagestoße.

»Vorwärts!« hat's von alle Seite geschallt, »vorwärts!«

»Ach, es fehlt merr ja enn Pfennig! En äänzige Pfennig, ich kann ja rein net mitfahrn.«

»Dunnerwetter, wann's des is, hätte Se's gleich sage kenne!« hat der Graukopp gebrummt un hat err enn Pfennig hiegeworfe un dann sie un ihr Billjet uff die Seit geschowe.

»Eisteihe, eisteihe!« hawwe die Conducteurn gerufe.

»Es is ja nerjends wo Platz!« hat die Frää Schlappe gesacht un is mit ihre wunde Fieß un ihrm leere Mage von Wageschlag zu Wageschlag geschnappt.

»Des is uff Pingste net annerschter; bleiwe Se bis Darmstadt im Cupee steh, dann gibt's Sitzplätz; odder gehn Se in Viehwage, da kenne Se sich uff die Erd setze,« hat der menschefreundliche Conducteur gesacht, der err in enn Wage geholfe hat, in dem bereits elf Persone un vier klääne Kinner, die in alle Tonarte dorchenanner geplerrt hawwe, unnergebracht warn.

Es war odder ääch die hechst Zeit, dann die Frää Schlappe war noch net recht im Wage, als ääch schon der Zug weiter gen Darmstadt gebraust is. »Ach, was bin ich so mied, wann ich nor e halb Sitzplätzi hätt.«

»Sie verdricke ja unser Kinner, Sie impertinent Person!« hawwe se zwää Weiwer aagekrische, wie se den Versuch mache wollt, sich e bissi an e Bank aazelehne.

»Auerbach! Zwingeberg! Bickebach! Ewwerstadt!« hat der Conducteur nach un nach gerufe, awwer kää Mensch is ausgestiche, im Gegedhäl, es wollte immer mehr Leut enei. Endlich in Darmstadt hat's Luft gewwe, un die Frää Schlappe is halb ohnmächtig uff die hart Bank gesunke, die err wie des weichste Bolster vorkomme is. »Wie gerädert, wie gerädert bin ich! In Frankfort muß ich merr enn Wage nemme, ich kann ja kää Bää mehr hewe,« hat se zu sich selber gesacht. Und dann hat se noch emal ihr Schicksal iwwerdacht un is dabei pletzlich uffgefahrn un hat gestehnt: »Ei der Deiwel, jetzt haww ich ja in der Eil mein Korb in Bensheim steh lasse! Es war so e scheener Korb, ehrscht gestern haww ich merrn kääft un bald zwää Stunn drum gehannelt.«

Trotz dem Verlust ihres Korbes, hat se awwer ihr ferchterlich Miedigkeit in enn Halbschlummer versinke lasse, aus dem se ehrscht widder erwacht is, wie der Conducteur: »Frankfort!« gerufe hat un alles ausgestiche is.

»Gott sei Dank, Frankfort! Wo werd jetzt mei armer Fritz sei. – Autsch, mei Fieß! Ach wann ich nor noch enn Wage krieh,« hat se schmerzvoll gesacht un hat sich, so gut's gange is, dorch des Gewiehl Bahn ze breche gesucht. Wie se sich awwer ewe dorch enn dichte Knäuel besonnerscht fideler Mensche dricke wollt, hat se uff äämal geheert, wie e ihr wohlbekannt Stimm gesacht hat:

»Es war merr hundsschlecht un ich bin eigeschlafe, wie ich widder uffwach, is mei Alt fort. Ich lääf erum un such, kää Frää vorne, kää Frää hinne. Endlich geh ich uff die Chaussee un treff da e paar Bekannte, un von dene erfahr ich, daß se nach Auerbach is. Geld hat se bei sich, un da is se wahrscheinlich hääm gefahrn. Ich habb also mei Bardie allää gemacht, un amesirt haww ich mich wie e Schneekenig! In Scheneberg hawwe merr gedanzt, un bis zuletzt hatt ich Glick: In Bensheim is e ferchterlich Gedrick uff der Eisebah, kää Billjet mehr ze hawwe, ich verkääf meiner Frää ihr's un wart bis alle Wäge voll sin, dann laß ich merr die ehrscht Klass' uffschließe un fahr euch mutterseeleallää in dem Cupee hääm.«

»Ei Fritz! ei Fritz!« hat die Frää Schlappe gerufe. »Ach Fritz, was bin ich so kaput. Du kannst mich hääm trage; an die Pingstbardie denk ich, so lang ich leb. – Ach Gottche, mei Fieß, mei Fieß!« –

Der aagenehme Mieter.

»Nää sowas!« hat der Herr Glicksstern in ähm Gift zu seiner Frää, seiner Thekla, gesacht, »sowas, jetzt fällt merr widder e Haus in der Berjerstraß zu, un ich muß es nemme, wann ich mein finfte Insatz net verliern will. Des sin Geschäfte ewe mit der Weißbennerei, daß merr grie un gehl dabei wern kann.«

»Was, schon widder e Haus!« hat sei Thekla erwiddert, »widder e Haus, du kimmst noch vor lauter Häuser aus dem Häusi.«

»Es is wahr, ich habb e merkwerdig Glick im Bech – der ääne bezahlt merr kään Zins un der annere kää Zinse.«

»Des kimmt weil de ze nachsichtig bist. Guck nor den Herr Mayeran aa, wie der dich an der Nas erumfiehrt. Seit dreivertel Jahr is er die Miet schuldig un dabei hat er jeden Dag noch e anner Aaliege. Bald will er sei Boddem aagestriche, bald enn annern Ofe gesetzt hawwe; bald treppelt die Wasserleitung un bald räächt der Schornstää, un wann sei beese Buwe e Fensterscheib verbreche, dann segt er, der Wind hätt se eigeschlage un will se gemacht hawwe. Und dabei hat er zwää Hund, finf Katze un acht Kinner, un leßt sei ganz Verwandtschaft zu sich bade komme, als wann die sich net wo annerscht wäsche kennte.«

»Ich wääß«, hat der Herr Glicksstern gebrummt, »ich wääß, was des for e aagenehmer Mieter is. No, es hat die lengst Zeit gedauert, ich haww enn verklagt un eh de dich verguckst, werd er draus sei.«

Mit dere Versicherung zefridde, is die Frää Glicksstern enn Besuch mache gange un der Herr Glicksstern hat sich uff sei Kanebee gelegt, um enn Äägeblick zu nucke.

Kaum odder hat er dagelege, da hat's an die Dhier gekloppt un der Herr Mayeran is ereikomme un hat gesacht: »Gunn Dach, Herr Glicksstern! Sie sin doch allääns, daß mer ungesteert mitenanner redde kenne?«

»Wie Se seh, ganz allääns.«

»No, dann mecht ich merr nor e Frag erlääwe: For was hawwe Se mich eigentlich verklagt?«

»For was!« hat odder da der Herr Glicksstern gerufe. »For was, un des frage Se mich – Sin Se merr net seit dreivertel Jahr die Miet schuldig?«

»Die paar Trumpele.«

»So – von was soll ich dann mei Intresse bezahle? Ich will mei Logies geräumt hawwe.«

»Dann stehts Ihne ja leer.«

»Des sin mei Sorje – nor enaus, liewer heint wie morje.«

»Ja, so schnell geht des net,« hat odder da der Herr Mayeran er- widdert – »unser Hund, der Bello hat Junge.«

»Was geht des mich aa? nix wie enaus!«

»Was des Sie aageht: Wann die Junge greßer sin, verkääf ich se, dann des sin Rassehund, un dann kriehn Se Ihr Geld un ich zieh aus.«

»E schener Trost! Hinnedrei hawwe Se noch gar kää Logies.«

»Zwää for ääns – un was for. – Net wie bei Ihne, ohne Kohleuff- zug un ohne Balkoo. Da verfriert mer net im Winter un verbrennt ääch net im Sommer. Alles in der Reih, alles neu hergericht un frisch lackiert un dabbeziert, also ääch kää Wanze, wann Se's wisse wolle, un was die Hauptsach is, bedeutend billiger wie bei Ihne.«

»Noch billiger, Sie bezahle ja bei mir gar nix.«

»Ich bin's Ihne als schuldig.«

»Ja, wann Se awwer so e schee Wohnung hawwe, warum ziehe Se dann net aus?«

»Meene Se, so enn Auszug deht nix koste? Wann ich des Geld so da leihe hätt, hätt ich Ihne Ihr Miet bezahlt.«

»Also hengts dadraa«, hat der Herr Glicksstern gesacht. »Verlier ich soviel, kann ich ääch noch mehr verliern. Da, da sin finfun- zwanzig Mark for die Mewelwäge, awwer ich halt merr aus, daß Se morje ausziehe.«

Un der Herr Mayeran hat sich bedankt un hat gesacht: »Je ehn- der, je liewer, Herr Glicksstern, des Haus hat doch gar kää Aanehmlichkeite un wann *Sie* net drei wohne dhete, weer ich schon lengst draus.«

Wie odder am nechste, am folgende un am dritte Dag der Herr Mayeran noch net ausgezoge war, da is der Herr Glicksstern in ähner Wut zu emm enuff, in sei Logies gesterzt, un hat gekrische: »Wolle Se jetzt gutwillig ausziehe, odder soll ich Ihne dorch die Bolizei enausschmeise lasse?«

»Ich bitt Ihne, mache Se kään Skandal, mei Schwegern aus Bockenheim nimmt ewe e Bad bei uns, un die is gar nerwees.«

»So, nerwees! ich bin ääch nerwees. For was haww ich Ihne dann des Geld for die Mewelwäge gewwe, wann Se hinnedrei doch net ausziehe?«

»Dadermit haww ich die Mietsteuer bezahlt.«

»Was, mit meim Geld?«

»Ich konnt mich doch net penne lasse! Mit der Steuer is kää Spaß ze mache, deß wern Se wisse.«

»Awwer mit mir meene Se, kennte Se Ihrn Uhz treiwe!«

»So nemme Se doch Vernunft aa,« hat der Herr Mayeran begietigend gesacht, »wer derrehrscht kimmt, malt derrehrscht, – bin ich draa schuld, daß die Steuer friher als die Mewelwäge da war?«

»Mit meim Geld die Steuer!« hat der Herr Glicksstern ganz fassungslos gemormelt. »Mit meim Geld! Wann des mei Frää heert, haww ich kää ruhig Stunn mehr!«

»Ich wääß, des is e Oos – awwer sin Se ganz außer Sorje, von mir soll se nix erfahrn; iwwer so Sache redd ich net gern.«

»Des glääw ich Ihne,« hat der Herr Glicksstern gesacht. »Wann ich nor wenigstens wißt, ob Se iwwerhaupt e Logies hätte.«

»Verzeh Dag schon – un was for ääns, da kann sich des hier schlafe lege. Elf Fenster Front, im ehrschte Stock, zwää Balkoo un enn Erker.«

»Gut!« hat da der Herr Glicksstern geknerscht, »gut, in erre Stunn komme zwää Mewelwäge – ich bezahl se jetzt awwer selbst. Wann

Se dann odder net ausziehe, laß ich Ihne von de Gassebuwe mei Fensterscheibe eiwerfe un die Dhiern aushenke!«

»Sin Se ganz außer Sorje, ich zieh.«

»Wo komme Se dann hie ze wohne?«

Da hat odder der Herr Mayeran uff äämal e merkwerdig piffig Mäulche geschnitte un hat sein Kopp geschittelt un hat gesacht: »So fregt mer die Leut aus! Geww acht, ich sag's Ihne, damit Se merr Kalches mache. – Nää, nää, mei Liewer, speter, speter – wann ich eigericht bin, da lad ich Ihne ei.«

Un der Herr Mayeran is werklich ausgezoge, un der Herr Glicksstern hat die Mewelwäge bezahlt un hat zu seiner Frää, seiner Thekla gesacht: »Den sin merr los, ohne Uffseh un ohne Skandal. – Bist de jetzt zefridde, Thekla?«

Un die Thekla hat mit dem Kopp genickt un hat erwiddert; »Jetzt winscht ich nor, daß de dich vor so aagenehme Mieter e bissi vorseh dhest.«

»Sei außer Sorje, mir kimmt kääner mehr von dere Art ins Haus.«

Un e paar Dag speter is der Herr Glicksstern uff's Amt gange, um die Koste for des Haus, des emm zugefalle war, zu bezahle. Un nachdem er des gedhaa, hat er sei Schritt nach der Berjerstraß gelenkt, um sich als neuer Hausherr de Mieter vorzestelle.

Im ehrschte Stock aagelangt, hat er dann sei Fieß säuwerlich abgebutzt un hat uff die elektrisch Schell gedrickt. Klingelingeling!

»Ei, des is odder schee von Ihne, daß Se uns in unserm neue Logies emal besuche, grad haww ich e Eiladung an Ihne geschriwwe,« hat's emm entgegegeklunge un der Herr Mayeran hat vor emm gestanne un hat die Dhier bis hinnewidder uffgemacht. »Gucke Se sich emol mei neu Wohnung aa. Fei, newahr!«

»Ihr neu Wohnung?« hat der Herr Glicksstern gestammelt un hat ganz unhäämliche Ääge gemacht. »Ihr neu Wohnung in meim Haus?«

»Ihne Ihrm Haus! Hawwe Sie's kääft? No, da bin ich nor froh, daß ich enn orndliche Hausherr habb un Sie so enn aagenehme Mieter!

Ich habb mit Ihrm Vorgänger Contract gemacht. – Awwer bitte, komme Se doch erei un trinke Se e Dass' Kaffee mit uns.«

»Nää, nää, ich danke,« hat der Herr Glicksstern gesacht, »Sie sin merr zu e aagenehmer Mieter; hoffentlich sin Se in sechs Woche widder draus.« – Un nach sechs Woche war er ääch werklich draus, weil em der Herr Glicksstern zum dritte Mal die Mewelwäge bezahlt hat. –

Die Vorlesung in Speyer.

Eine Erinnerung an Strohecker.

Es war kää Kläänigkeit den Strohecker zu veraalasse als Frankforter Dialektrecidator uffzutrete, un wedder der Ludwig Fulda, noch der Regisseur Roll, noch der Schauspieler Hermann konnten dazu iwweredde, obgleich se sich alle Mieh gawe. Ehrscht der Erfolg von »Alt-Frankfort«, der ehrschte, abendfillende Komedje in Frankforter Mundart, in der er den Muffel spielte, un dorch die Roll sei Renomee als Darsteller vaterstädtischer Charaktere un sei Popularität begrindete, machte ihn den Vorschlag, die Sach wenigstens emal ze browirn, geneigter.

»Du, wääßt de was,« fing er am e scheene Awend, wie merr gemietlich bei me Schoppe Wei saße aa, »ich habb merr die Geschicht iwwerlegt, awwer des sag ich derr, allääns les' ich net.«

»Ich kann doch net derrnewe sitze un mitlese,« haww ich emm erwiddert.

»Davo is kää Redd, awwer die Verantwortung kannst de iwwernemme, wann die Sach schepp ausgeht.«

»Du meenst die pekuniär? recht gern.«

»Ach was, die paar Trumpele, ich meen die kinstlerisch, die Blamag, wann kää Deiwel kimmt.«

»Daß Leut komme, dafor laß mich sorje.«

»Ich bin ängstlich un sag merr, wann mer zu zwäät dorchfällt, dhut's kääm so weh.«

»Also abgemacht!«

»Ja, awwer nor unner der Bedingung, daß de die ganz Geschicht eifäddelst un leitst – merr mache Kippe un trage des Defizit gemeinschaftlich.«

»Eiverstanne.«

»Un dann noch was: Ich kann doch net ewig die alte Geschichte lese, du mußt merr also zu jeder Recitation was Neues schreiwe.«

»Soll gescheh.«

»Awwer net, daß ich des Manuscript ehrscht am Awend krieh, wo ich's vortrage soll, sonnern acht Dag vorher.«

Ääch deß haww ich emm versproche un sogar mitunner gehalte, wann ääch net regelmeßig. Un merr hawwe zusamme e Programm entworfe, un wissentlich net enn äänzige Frankforter Dialektpoet, der ebbes geleist hat ausgeschlosse. Un die Recitationsawende, ehrscht im Saalbau un speter im Hoch'sche Conservatorium warn bald so besucht, daß im Saal kään Appel mehr zur Erd falle konnt. Un merr hawwe die Vorlesunge mit dem gleiche Erfolg allmelig uff die Nachbarstädt un dann immer weiter un weiter ausgedehnt; un wann ääner sich riehme konnt, des Verständnis for Frankforter Humor in die Welt getrage ze hawwe, war's der Strohecker.

»Ich ging for mei Lewe gern nach Speyer,« fing er emal nach erre Vorlesung aa. »For Speyer haww ich iwwerhaupt was iwwerig, dann da war ich engagirt un die Leut hawwe mich ferchterlich gern gehatt. Ich sag derr, wann ich dort les, biegt sich der Saal vor Mensche.«

»Gut, gehn merr nach Speyer!«

»Un amesirn kannst de dich dort, wie de willst; dich kennt kää Deiwel da un mir nimmt kääner was iwwel. So e Pälzerin is wie zem eneibeiße; un dann verstehn se all frankforterisch, un was e gut Bier gibt's dort un der Wei is ääch net zu verachte, – mit ähm Wort, es gibt nor ää Speyer.«

»Also, auf nach Speyer!«

Un ich habb enn Saal dort miete lasse un enn Buchhennler mit dem Kaarteverkauf beauftragt.

Am Dag der Vorlesung sin merr dann um die Middagsstunn nach Speyer gedampft un der Strohecker war fideler als je, un er hat gar net genug von dem Amüsement, des uns dort erwarte dhet, un von de viele Leut, die kää Billjete mehr kriehe dhete, weil ausverkääft weer, verzehle kenne.

Wie merr odder in unserm Hotel abgestiche sin, wo mich kää Deiwel kenne sollt un wo merr uns so ferchterlich amesirn sollte, da is uns die Wertin schon an der Hausdhier entgegekomme un hat gerufe: »Ach, der Herr Stoltze! Des is awwer schee, daß Se uns uffsuche, was mecht dann Ihr Frää un Ihr Kinner?«

»Dich kennt odder ääch die ganz Welt!« hat der Strohecker ärjerlich gebrummt.

»Ei warum dann net, Herr Strohecker.«

»Strohecker! Sie kenne mich also ääch?«

»Nadierlich! ich bin doch e Frankfortern, ich stamm von der Allerheiljegaß.«

»Guck emal aa, was e Zufall!«

»Ja, wie e Kellerdhier,« hat die Wertin gelacht. »No, Sie sin gut bei merr uffgehowe. Den Saal for die Vorlesung haww ich schon heize lasse, damit's den Awend schee warm is.«

»Nor net zu warm!« hat der Strohecker gemahnt. »Dann der Saal werd mordsjalisch voll un die Gasflamme heize ääch, un wann sich die Leut vor Lache schittele, werd's enn hinnedrei zu hääß un sie reiße die Fenster uff, un morje hat halb Speyer den Schnuppe.«

»Gläwe Se werklich, daß es so voll werd?«

»Wie in erre Worschthaut. Seit acht Dag schreiwe ja hier die Zeidunge nix annerschter wie iwwer mei Vorlesung.«

»Ei da will ich Ihne was sage, da kenne merr den klääne Saal noch derzunemme,« hat die Wertin gemeent, »da brauche merr nor die Zwischewand uff die Seit ze schiewe und dann hawwe achtzig Mensche mehr Blatz.«

»Dhun Se des,« hat der Strohecker gesacht, »dann nix is eklicher, als wann die Leut ze witschele aafange, weil se kään Blatz zum sitze hawwe.«

Da's awwer noch vier Stunn bis zum Beginn der Vorlesung warn, so sin merr uffgebroche un hawwe e paar Wertshäuser besucht, in dene der Strohecker während seiner Engagementzeit oft verkehrt hat.

»Was mecht dann die Gretche?« hat er in ääner die jung Wertin gefragt, die e klää Kind uff dem Arm getrage hat.

»Die Gretche, die ist dorchgange mit emme verheurate Mann, wahrscheinlich nach Amerika.«

»Die is dorchgange!« hat der Strohecker ganz erstaunt gerufe, »die is dorchgange, da schlag odder e Bomb enei. Die hat sich doch immer gestellt, als wann se kää drei zehle kennt.

»Des kann ich net sage, die war dorch un dorch.«

»Da sieht mer, wie mer sich in de Mensche däuscht. Ich haww err selbst die Cour geschnitte, un mir all vom Thejater, awwer weiter wie bis zu me ääfällige häämliche Kuß is kääner komme.«

»So, Sie hawwe sich ääch mit err erumgemacht, – e merkwerdiger Geschmack,« hat die Wertin im wegwerfende Ton gesacht.

»Im Gegedhäl, enn gute Geschmack! Ei, wie ich vorhin hier ereikomme bin, hätt ich druff geschworn, Sie wern se. Die Aehnlichkeit is frabant.«

»Ich dank Ihne for des Compliment.«

»Nix for ungut! Awwer daß die dorchging un des bliehend Geschäft im Stich ließ, des hätt ich net geglääbt.«

»Erumreißelasse nenne Sie e bliehend Geschäft?«

»Ich redd von der Wertschaft,« hat der Strohecker ebbes pikiert erwiddert.

»Was geht dann die Kechin mei Wertschaft aa?«

»Die Kechin! Ich meen ja die Wertsdochter – die Gretche.«

»Am Enn gar mei Mutter!« hat die Wertin gesacht un hat helle Läch geschlage.

»Ihr Mutter! Ja du liewer Gott, hat dann die schon so e groß Dochter? Freilich, freilich, es sin zwääunzwanzig Jahr her, daß ich net hier war – awwer daß se sich verheurat hat un Kinner hat, die widder Kinner hawwe – des Gretche als Großmutter, des kann ich merr net vorstelle. Sehn Se, wie ich vorhin in des Stibbche getrete bin, da war merr's widder grad so, wie um die Zeit, wo ich hier jugendliche Liebhawer gespielt un aus Gefälligkeit Coulisse gemalt habb. Nää, was die Zeit vergeht! Adolf, merr wern alt.«

Un der Strohecker hat sei Glas ausgetrunke un hat ganz nachdenklich un fast melancholisch Adschee gesagt.

Un drauß uff der Gass' wollt er merr grad von dem Gretche un seine sonstige Erinnerunge zu verzehle aafange, wie e korzer dicker Herr spornstreichs uff uns zukomme is, sein Hut gezoge un äußerst heflich gesacht hat: »Entschuldigen Sie, ich habe doch die Ehre, Herrn Muffel vor mir zu sehen?«

»Muffel! Mei Name is Strohecker.«

»Pardon, da muß ich mich getäuscht haben. Ich war kürzlich im Frankfurter Stadttheater in »Alt-Frankfurt« und sah da einen Herrn, der Ihnen auf's Haar glich.«

»Ja, hatte Se dann kään Zettel?«

»Die waren vergriffen.«

Jetzt hat sich odder der Strohecker net mehr halte kenne vor Lache un hat gekrische: »Wie gut, wie gut! Gott, wie gut, wie gut! Muffel, Muffel! Freilich war ich der Muffel, awwer jetzt bin ich widder der Strohecker; wann ich des meiner Frää, meiner Lina verzehl, schlegt die enn Borzelbaum. Gott, wie gut, wie gut!«

»Also doch!« hat der Dicke gesacht un hat dem Strohecker die Hand geschittelt. »Ich danke Ihnen den fröhlichsten Abend, den ich je erlebt habe. Meine Herren, erlauben Sie mir, Sie zu einer Flasche guten Weines einzuladen.«

Des freundliche Anerbiete mußte merr nadierlich ablehne, versprache odder nach der Vorlesung uns imme bestimmte Lokal eizefinne um mit dem Strohecker-Enthusiast e paar frehliche Stunne zu verbringe.

»Ich dhet Ihne ja gern e Billjet zu meiner Recitation iwwerreiche,« hat der Strohecker beim Abschied zu seim Verehrer gesacht, »awwer ehrschtens haww ich kääns bei merr, un zweitens is wahrscheinlich alles ausverkääft.«

»Ich werde trotzdem mein Glück an der Kasse versuchen,« hat emm der Dicke verbindlich erwiddert.

»Dhun Se des, ich leg enn Zettel hie, daß Ihne noch enn Stuhl eneigeschowe werd.«

Wie merr odder nach dem lustige Intermezzo langsam dorch die Gasse von Speyer weiter gebummelt sin, da is der Strohecker immer ernster un ernster warn, un uff äämal is er steh gebliwwe un hat zu merr gesacht: »Zwääunzwanzig Jahr is doch e lang Zeit un es hat sich ääch hier manches verennert; meenst de, daß mich die Speyerer vergesse hätte?«

»Einzelne erinnern sich sicherlich deiner noch.«

»Äänzle – ob die awwer in mei Vorlesung komme.«

»Warum dann net, du bist ja jetzt e renomierter Schauspieler.«

»Es dhet mich awwer trotzdem intressiern zu erfahrn, wie viel Billjete abgesetzt weern. Vor emm halbvolle Saal mecht ich net lese, da mißte merr mit Freibilljeter nachhelfe.«

»Wieviel Kaarte verkääft sin, des kann merr der Buchhennler sage, der die Sach besorgt.«

»Ja, dhu merr den Gefalle, es beruhigt mich ferchterlich, wenn ich wääß, daß der Saal gerackelt voll is.«

Da merr grad in der Neh von der betreffende Buchhannlung warn, so haww ich dort Erkundigunge eigezoge. Un wie ich widder aus dem Lade erauskam, hat der Strohecker ganz in der Neh gestanne un hat mit langgerecktem Hals Ausschau nach merr gehalte.

»No, wie is es!« hat er merr entgegegerufe. »Ausverkääft?«

»Net ganz,« haww ich gesacht.

»Wieviel Kaarte?«

»Zwei.«

»Zwää, die gehn ääch noch fort.«

»Hoffentlich!«

»Nadierlich, dann is Schluß.«

»Du mißverstehst mich. Zwää Kaarte sin verkääft.«

»Zwää!«

»In allem, un des nor billige Blätz.«

»Ääch noch!« hat der Strohecker gekrische. »Zwää Karte for vier Mark un hunnert un dreißig Mark Spese. Da schlag odder e Gewitter enei.«

»Vielleicht werd's besser.«

»Besser! Jawohl, die Nachwelt flicht dem Mimen keine Kränze. Merr sin geschochte; dann du werst doch net gläwe, daß ich uff die Hoffnung hie, daß noch e dritt Kaart verkääft wern kennt, mich annerthalb Stunn hiesetz un leere Stiehl was vorles.«

»Es werd derr schließlich nix annerschter iwwrig bleiwe.«

»Da kennst de mich odder schlecht, wann de meenst, ich dhet uff mein Dhäl finfunsechzig Mark bezahle un aus Vergniege driwwer dein Vatter sei »Dreißig Gulde« odder dein »Babegei« zwää äänzige Zuhörer vortrage.«

»Ja, was willst de dann mache?«

»Was ich mache will, des werst de gleich seh. Ich wer so hääßer wie e Rab dem was in die unrecht Kehl komme is, ich krieh geschwollene Mandele, ich leid an verenkte Stimmbänder. Was em Tenor, wann er net singe will, bassiern kann, kann mir ääch zustoße.«

»Bedenk doch nor, der Saal werd ja schon in erre Stunn uffgemacht.«

»Des geht mich all nix aa, ich les net vor zwää Leut, un wann de dich uff den Kopp stellst.«

»Vielleicht kenne merr des Haus mit Freibilljete fille.«

»Wem sollte merr se dann gewwe? Ich kann doch net ausschelle lasse: Gratisvorlesung vom Strohecker. Wie hat mich dann nor der Deiwel nach Speyer gefiehrt! Ich les net! ich les net! ich les net!«

»So reg dich doch net uff, merr wolle iwwerlege, was mer dhu kann.«

»Ich reg mich gar net uff, net e bissi! Awwer wann ich ääch lese wollt, ich kennt jetzt gar net mehr; die zwää Kaarte sin merr werklich uff die Stimm geschlage, ich habb uff äämal e Bitzele im Hals als wann e Regiment Ameise drei erumkrawwele dhet.« Un der

Strohecker is von dem Äägeblick aa so hääßer warn, daß mern kaum e Wort mehr verstanne hat.

»Also gut,« haww ich gesacht, »ich mach e klää Nodiz, daß wege deiner Heiserkeit die Vorlesung uff unbestimmte Zeit verschowe wern mußt un schickse dorch enn Dienstmann an die Redaktione; außerdem sag ich unserer Wertin, daß se de zwää Billjetinhawer ihr Geld zurickerstatte sollt.«

»Dhu des,« hat der Strohecker mit emme dankbare Blick gekröhlt, »dhu des, dann ich bin werklich stockhääßer; un dann komm in die Weiwertschaft, wo merr mit unserm Verehrer zusammetreffe.«

Ich habb also die Vorlesung abbestellt un mich alsbald in der vereinbart Wertschaft eigefunne. Der Strohecker saß grad bei der zweite Budell Wei un hat e Paprikagulasch verwichst.

»Der Paprika is awwer nix for dein Hals«, haww ich gesacht.

»Im Gegedhäl,« hat er gemeent, »der beißt alle Entzindung eweck.« Un es schien fast, als wann er recht hätt, dann je mehr er gesse un je fleißiger er getrunke hat, desto heller un klarer is sei Stimm warn un als sich sei Verehrer, un mit emm e groß Gesellschaft von Herrn un Dame eigefunne hat, war sei Halsleide vollstennig geschwunne.

»Gott sei Dank, daß wir Sie hier so munter finden!« rief emm der Dicke entgege, »nach der Zeitungsnotiz fürchtete ich schon, daß Sie ernstlich erkrankt wären.«

»Nach der Zeitungsnotiz! Steht des dann schon in der Zeitung?« hat der Strohecker widder sehr heiser gefragt un hat sich des Awendblatt gewwe lasse. Un werklich war in der Zeidung mit gesperrter Schrift ze lese: Wie man uns soeben mitteilt, findet die Strohecker'sche Recitation heute Abend nicht statt. Herr Strohecker *soll* plötzlich erkrankt sein. Viele unserer Mitbürger sind durch diese Absage um einige fröhliche Stunden gekommen.

»Zwää Mitberjer nennt der viele,« hat der Strohecker leise zu merr gesagt.

»No, die Nodiz is doch sehr freundlich,« haww ich emm erwiddert.

»Awwer die Kritik morje, wann ich vor zwää Leut gelese hätt –
Gott sei Dank, daß merr's so gemacht hawwe.«

Un der Strohecker is allmelig mehr un mehr uffgedhaut un hat al-
le megliche un unmegliche Schnakesträäch verzehlt. Un die Dame
hawwe gehäwwelt, daß enn die Kiebacke weh gedhaa, un die Män-
ner hawwe gelacht, daß se sich die Bäuch gehalte hawwe. Un es hat
so e gemietlich frehlich Stimmung in dere Wertsstubb geherrscht,
als wann die ganz Gesellschaft aus ääner Familie besteh dhet. Un
wie's zwelf Uhr war un alles uffgebroche is, da hawwe sich's unser
neue Bekannte net nemme lasse, uns nach unserm Hotel zu beglää-
te.

Dort aakomme, hat awwer unser Wertin unner der Dhier gestan-
ne un hat uns schon von weitem entgegegerufe: »Endlich komme
Se! Ich habb ja nach Ihne fast alle Wertschafte absuche lasse.«

»Doch nix bassiert?« hat der Strohecker ganz erschrocke gefragt,
»doch kää Depesch aus Frankfort komme?«

»Bassiert is nix, awwer des Haus hawwe se merr fast gestermt.
Ich mußt die Bolizei hole, um den Andrang zu Ihrer Vorlesung
abzeschlage.«

»Was!«

»Mehr wie dreihunnert Mensche haww ich abweise misse – die
Leut wollte sich ja gar net beruhige. Sie wern's morje schon in der
Zeitung lese.«

»Ja, es warn odder doch heint Awend nor zwää Billjete verkääft,«
hat der Strohecker ganz perplex gesacht.

»Des gläww ich gern,« hat die Wertin erwiddert; »in Speyer kääft
mer kää Eintrittskarte voraus, wann mer se net billiger krieht. Sie
hawwe sich um mindestens finfhunnert Mark geschadd.«

Wann uns ääner in dem Äägeblick e Ladern unner die Nas gehal-
te hätt, wer er sprachlos gewese iwwer die dumme Gesichter, mit
dene merr uns gegeseitig aageguckt hawwe.

———————◆◆———————

Die Bumb.

Der Herr Flick hat in der Fettvieh-Ausstellungs-Lotterie gespielt un den sibbte Preis gewonne. Un der Hersch von Heddernheim, der emm des Loos verkääft hat, hat enn in seiner Stammkneip uffgesucht un hat gekrische: »Gewonne, Herr Flick! Sie hawwe doch gewonne in mei Collekte, Herr Flick, beim Hersch von Heddernheim. Ich gradelier, Herr Flick, ich gradelier!«

»Was haww ich dann gewonne, Hersch?« hat der Herr Flick gefragt.

»Was Se gewonne hawwe? E Stick Geld hawwe Se gewonne, e Bumb hawwe Se gewonne mit meim Lesi! Ich habb doch gleich gesacht, beim Fettvieh hawwe Se Glick, Herr Flick, odder haww ich's nicht gesagt, Herr Flick?«

»Ja, was is dann die Bumb wert?« hat der Herr Flick noch immer mißtrauisch gefragt.

»Sie misse se seh, Herr Flick, e schee Bumb, e gut Bumb, e neu Bumb, e batendiert Bumb. – Sie kenne bumbe so lang Se lewe.«

»Was se wert is, will ich wisse.«

»No, was werd se wert sei – Dreihunnert Gulde hat se des Comitee gekost, da is se unner Brieder vierhunnert Gulde, un for enn Fremde, der se brauche kann, finfhunnert Gulde wert.«

»Gut!« hat der Herr Flick gesacht, »wann sich's so verhält, kriehn Se zwanzig Gulde Duseur.«

»No, un mir!« hawwe die Gäst am Stammdisch gekrische, »mir hawwe Ihne doch zugeredd, daß Se des Loos genomme hawwe.«

»Uff e Vertelche Wei soll merr's ääch net aakomme.«

»Un was dazu zum Beiße!« hawwe sei Freunde gerufe.

»Meintwege – awwer mehr wie dreißig Gulde bezahl ich net for des Friehstick, des sag ich euch gleich.«

Un der Herr Flick is mit dem Hersch von Heddernheim in die Landwertschaftlich Hall uff den Bleichgaarte gange, un hat sich die Bumb aageseh, un weil se emm gefalle hat, hat er dem Hersch von

Heddernheim gleich sei Duseur gewwe un is dann zem Comitee gange, um sich als glicklicher Gewinner vorzestelle un nachzufrage, wieviel er an baar Geld kreg, wann er uff den Bezug der Bumb verzichte dhet.

»Ja, sehn Se, Herr Flick,« hat enn da der Sekredär geantwort, »die Bumb misse Se schon in Nadura beziehe, dann die kenne merr nicht zurickgewwe. Sie is dreihunnert Gulde wert, un mit emm klääne Nachlaß bringe Se se sicher an Mann.«

»Ich hätt liewer mei Geld genomme,« hat der Herr Flick etwas verstimmt vor sich hiegemormelt. »No, wann's net annerscht is, dann mit emme klääne Nachlaß.«

Un der Herr Flick hat verschiedene Makler Ufftrag gewwe die Bumb ze verkääfe, ehrscht for dreihunnert, dann for zwäähunnertfinfunsibbzig, dann widder finfunzwanzig Gulde billiger un schließlich for zwäähunnert Gulde. Awwer kää Mensch hat druff reflekdiert. Dem ääne war se zu lang, dann wann se uffrecht gestanne hat, hat se bis an den zweite Stock vom e Haus gereicht; dem annern war se zu korz, dem nechste hat des System net gefalle un der folgende hat den Preis noch immer for viel ze hoch gefunne. Nach acht Dag hat der Herr Flick odder e Schreiwe vom Comitee krieht, daß er die Bumb abhole sollt, im annern Fall dhet se emm for sei Gefahr un Rechnung zugeschickt wern.

»Ja, wo soll ich dann mit hie,« hat da der Herr Flick ganz trostlos gesacht, »ich kann se doch net meiner Frää in die Nehlad lege.« Un er hat all sei Bekannte uffgesucht un hat sich erkundigt, ob se net e Eckelche hätte, wo er des Undhier unnerstelle kennt. Endlich hat er dann ääch e mitleidig Seel gefunne, die emm ihr Hefche zu dem Zweck eigeräumt hat. Un der Herr Flick hat acht Daglehner genomme, un hat jedem enn halwe Gulde gewwe, un hat die Bumb mit vieler Mieh in des Hefche schaffe lasse. Dann odder hat err in alle Zeidunge annonciert: E Bumb, dreißig Fuß lang, neuester Construction, for e Bierbrauerei odder sonst als Pfuhlbumb ze gebrauche, for nor hunnertfuffzig Gulde billig zu verkääfe.

Awwer trotzdem, daß er zwanzig Gulde for Annonce ausgewwe hat, is doch kää Deiwel komme, der die Bumb gewollt hat, statt dessen odder hat emm sei guter Freund, bei dem er se unnergestellt hat, sage lasse, er sollt des Undhier so schnell wie meglich abhole lasse, dann ehrschtens hätte die Ratte eneigebaut un zweitens wer se verflosse Nacht umgefalle, un hätt de Leut im ehrschte Stock die Fenster korzhimmelhagelklää geschmisse, die er nadierlich widder repariern mißt.

»Da soll odder doch e Gewitter eneifahrn!« hat der Herr Flick geflucht, »jetzt kost mich der glickliche Gewinn schon vierunsibbzig Gulde un schmeißt merr ääch noch die Fenster ei – hm! hm! hm! Wohie dann nor mit emm, wohie dann nor!« Endlich schien emm e Gedanke ze komme, der emm eigeleucht hat, dann er is uff äämal, wie e Blutvergießer zem Ruttmann ins Braunfels gesterzt un hat dem Ufftrag gewwe, se an den Meistbietende zu versteigern. »Fort mit Schadde!« hat er gesacht, »was merr iwwer neunzig Gulde kriehe, is gefunne Geld.« Un dann hat er sich widder acht Daglehner genomme, un hat jedem widder enn halwe Gulde gewwe un hat die todal verrost Bumb zem Ruttmann schaffe lasse. Un der Ruttmann hat se betracht un hat mit dem Kopp geschittelt un hat gesacht: »Die sieht for neu odder sehr alt aus. – No, merr wern seh, was sich mache läßt.«

Am Morjend der Versteigerung hat's odder gottsträflich geregend, un außer e paar Grimpler un sonstige Versteigerungshyäne war kää Mensch erschiene. Un der Herr Flick hat's dessentwege for gut befunne, dere klääne Versammlung die große Vorzieg seiner Bumb ausenannerzesetze. »Des is kää gewehnlich Bumb, meine Herrn,« hat er gesacht, »des e neumodisch badendiert Bumb.«

»Merr siehts,« hat awwer da der alte Sendelbach spettisch bemerkt, »sie kann's Wasser net vertrage, sie rinnt.«

»No!« hat der Herr Ruttmann gerufe, »was werd uff die Bumb gebotte?« – Dodestille! –»No, dreihunnert Gulde – zwäähunnert Gulde – hunnertfuffzig Gulde! – hunnert Gulde!« – Dodestille, bei der merr nor die Regetroppe un die Schweißtroppe die vom Herr Flick seiner Stern geronne sin, falle geheert hat. »So biete Se doch wenigstens aa!« hat der Ruttmann gekrische, »es is ja noch lang net gesacht, daß se ääch zugeschlage werd.«

»No, uff die Gefahr hie – drei Gulde!« hat der Goßdorfer gerufe.

»Was!« hat odder da der Herr Flick gebrillt, »was, drei Gulde, for e echt englisch badendiert Bumb, uff der allääns hunnert Gulde Spese ruhe! Sin Se verrickt, Sie Olwel!«

»Wie kenne Se mich enn Olwel nenne, Sie Ääfalt!« hat der Goßdorfer erwiddert. »E Olwel is der, der mehr gibt for des alte Eise – Sie Heuhipper!«

»Ruhe!« hat beschwichtigend der Herr Ruttmann gerufe. »Wann Se sich hääge wolle, gehn Se uff den Liebfrauberg, da is Blatz. – Also, drei Gulde sin aagebotte, drei Gulde zem ehrschte – –«

»Ich zieh mei Gebot zerick!« hat der Goßdorfer gekrische.

»Sie hätte se ääch net dafor kriecht un net for fuffzig Mal soviel, Sie – Sie – Sie verwanzter Mewelhennler!« hat der Herr Flick geknerrscht, »Gott sei Dank, merr sin uff die Bumb noch lang net aagewisse!«

»Herr Flick«, hat odder jetzt der Herr Ruttmann gesacht, »rege Se sich doch net uff – es sin ewens kää Liebhawer da, da is nix ze mache. Wann Se se uffbolliern odder neu aastreiche lasse, kriehn Se se vielleicht doch noch los!«

»Mache Se sich kää Sorje, ich krieh se los!« hat der Herr Flick erwiddert, »gewwe Se merr nor mei Rechnung, daß ich enauskomm.«

»Dadraa soll's net fehle,« hat der Herr Ruttmann entgegend: »Zwää Gulde Versteigerungsgebiehr un verzeh Gulde sechsundreißig Kreuzer for Annonce. Awwer net, Sie sin so gut un lasse die Bumb bald fortschaffe, sie versperrt merr den Blatz.«

Un der Herr Flick hat sei Schuld begliche un is dann wietend fortgesterzt un nach dem Dalles gelääfe, wo err sich awermals acht Daglehner engagiert un jedem widder enn halwe Gulde versproche hat. »Heint Awend zwische Licht und Dunkel schleppt err merr die Bumb ins Fischerfeld, da, ganz nah an de Rederhef haww ich e klää eigefriedigt Grundstick, da mag se leihe bis sich e Liebhawer for se findt. – Also pinktlich, ich bin an Ort und Stell.« – Un wie am Awend die acht Daglehner mit der Bumb aagerickt sin komme, da hat ääch schon der Herr Flick an seim Grundstick gestanne un uff se gewaart. Wie er odder jetzt die Gaartedhier uffschließe wollt, hat er uff äämal geflucht: »Krieh die Krenk! jetzt haww ich den verkehrte Schlissel eigesteckt!«

»Herjeses!« hat da ääner von dene Daglehner gesacht, »merr wern die Bumb doch net widder zericktrage solle, des is ja e Stunn Wegs.«

»Nää!« hat der Herr Flick ganz verschmettert gestehnt, »ehnder in den Mää mit err. Da, schmeißt se in de Chauségrawe, da mag se leihe bis der Deiwel sterbt.« Un die Daglehner hawwe gedhaa, was se gehääße sin warn, un der Herr Flick is ebeikomme un hat seiner Bumb enn Tritt gewwe un hat gesacht: »Schinnoos! wann dich nor ääner stehle dhet.«

Es hat se odder kääner gestohle, awwer acht Dag speter hat der Herr Flick im Amtsblettche e Bekanntmachung gelese, bei der emm des Blut in de Adern erstarrt is; dann da hat gestanne: »Gestohlene Pumpe. In einem Graben des Fischerfeldes wurde eine circa 3 Centner schwere Pumpe aufgefunden, welche unzweifelhaft von einem Diebstahl herrührt. Bereits sind mehrere der That verdächtige Individien verhaftet. Eigentumsansprüche sind sofort geltend zu machen. Der erste Staatsanwalt.«

»Ääch des noch!« hat der Herr Flick gestehnt un is wie e alter Regescherm in sich zusammegeknickt. »Jetzt komme ääch noch unschuldige Mensche, die noch net emal was gewonne hawwe, ins Malheur; des geht net, des geht net!« Un er hat sich uffgerafft un is uff die Bolizei gesterzt um die Sach uffzekleern. Un der betreffende Beamte hat enn ganz ruhig ausrede lasse un hat dann gesacht: »Wisse Se nicht, daß es verbotte is, effentliche Grewe unbefugter Weis zu verstoppe? Des tregt Ihne enn Strafzettel von wenigstens zehe Gulde ei; außerdem werd die Bumb for Ihr Rechnung uffs Trockene gebracht un Ihne zugestellt.«

»Um Gotteswille net!«

»Sie wern doch der Bolizei net zumute wolle, daß se Ihne Ihr Sach uffhebt – gewinne Se kää Bumbe, wann Se se net gebrauche kenne.«

»Sie hawwe gut redde wann se kää Glickskind sin,« hat der Herr Flick ganz gebroche gesacht un hat sich den Schweiß von der Stern gewischt. »Ich wääß ja net wohie mit!«

»Vergrawe Se se in Ihrn Gaarte.«

»Gott sei Dank, endlich e Gedanke!« hat da der Herr Flick gerufe un is enaus, un ins Fischerfeld gesterzt, wo err e Bardie Gärtner ebeigerufe un die Bumb siwwe Schuh dief unner die Erd vergrawe hat lasse, was enn nadierlich widder vier Gulde un drei Maaß Eppelwei gekost hat. »Wann se nor net am jingste Dag uffsteht,« hat er dann zu sich selwer gesacht un hat noch enn wehmietige Blick uff des Grab von seim Gewinn geworfe. Un uff dem Häämweg hat er ausgerechend, was enn eigentlich sei Glick gekost hat: Enn halwe Gulde des Loos, 30 Gulde Friehstick for sei Freund, zwanzig Gulde Duseur forn Hersch von Heddernheim, viermal die Transportkoste: sechzeh Gulde, acht Gulde for eigeschmissene Fensterscheiwe, zehe Gulde Straf, sechzeh Gulde sechsundreißig Kreuzer Versteigerung un zwanzig Gulde Annonce mecht 121 Gulde un sechs Kreuzer un drei Maaß Eppelwei – des nennt mer Glick!

Un wie er so sinnend ewe des Allerheiljedhor erreicht hat, da is pletzlich der Hersch von Heddernheim uff enn zugesterzt un hat enn Bindel Pferdeloose in der Luft geschwenkt un hat gerufe: »Herr Flick! Herr Flick, e Lesi! Wer beim Fettvieh gewinnt, kann ääch bei de Gäul Glick hawwe.«

Da hat emm odder der Herr Flick den Mund zugehalte un hat gekrische: »Willst de schweihe! Wann des ääns heert, wer ich ääch noch ausgelacht.«

»Woso? Sie hawwe doch e Bumb gewonne!«

»E Bumb, ich glääbs – wann ich noch ää gewinn, dann kann ich mit meiner ganze Familje bumbe geh.«

Über tradition

Eigenes Buch veröffentlichen

tradition wurde 2006 in Hamburg gegründet und hat seither mehrere tausend Buchtitel veröffentlicht. Autoren veröffentlichen in wenigen leichten Schritten gedruckte Bücher, e-Books und audio-Books. tradition hat das Ziel, die beste und fairste Veröffentlichungsmöglichkeit für Autoren zu bieten.

tradition wurde mit der Erkenntnis gegründet, dass nur etwa jedes 200. bei Verlagen eingereichte Manuskript veröffentlicht wird. Dabei hat jedes Buch seinen Markt, also seine Leser. tradition sorgt dafür, dass für jedes Buch die Leserschaft auch erreicht wird.

Im einzigartigen Literatur-Netzwerk von tradition bieten zahlreiche Literatur-Partner (das sind Lektoren, Übersetzer, Hörbuchsprecher und Illustratoren) ihre Dienstleistung an, um Manuskripte zu verbessern oder die Vielfalt zu erhöhen. Autoren vereinbaren direkt mit den Literatur-Partnern die Konditionen ihrer Zusammenarbeit und partizipieren gemeinsam am Erfolg des Buches.

Das gesamte Verlagsprogramm von tradition ist bei allen stationären Buchhandlungen und Online-Buchhändlern wie z. B. Amazon erhältlich. e-Books stehen bei den führenden Online-Portalen (z. B. iBookstore von Apple oder Kindle von Amazon) zum Verkauf.

Einfach leicht ein Buch veröffentlichen: **www.tradition.de**

Eigene Buchreihe oder eigenen Verlag gründen

Seit 2009 bietet tredition sein Verlagskonzept auch als sogenanntes "White-Label" an. Das bedeutet, dass andere Unternehmen, Institutionen und Personen risikofrei und unkompliziert selbst zum Herausgeber von Büchern und Buchreihen unter eigener Marke werden können. tredition übernimmt dabei das komplette Herstellungs- und Distributionsrisiko.

Zahlreiche Zeitschriften-, Zeitungs- und Buchverlage, Universitäten, Forschungseinrichtungen u.v.m. nutzen diese Dienstleistung von tredition, um unter eigener Marke ohne Risiko Bücher zu verlegen.

Alle Informationen im Internet: **www.tredition.de/fuer-verlage**

tredition wurde mit mehreren Innovationspreisen ausgezeichnet, u. a. mit dem Webfuture Award und dem Innovationspreis der Buch Digitale.

tredition ist Mitglied im Börsenverein des Deutschen Buchhandels.

Dieses Werk elektronisch lesen

Dieses Werk ist Teil der Gutenberg-DE Edition DVD. Diese enthält das komplette Archiv des Projekt Gutenberg-DE. Die DVD ist im Internet erhältlich auf **http://gutenbergshop.abc.de**

Zeitfracht Medien GmbH
Ferdinand-Jühlke-Straße 7
99095 Erfurt, Deutschland
produktsicherheit@kolibri360.de